DU MÊME AUTEUR

Aux Éditions Gallimard

ROSE POUSSIÈRE, 1972.

TÉLEX N° 1, 1976.

INGRID CAVEN, prix Goncourt 2000 (Folio n° 3686).

ENTRÉE DES FANTÔMES, 2010 (Folio n° 5325).

OBSESSIONS, 2014 (Folio n° 6037).

L'Infini

Collection dirigée
par Philippe Sollers

JEAN-JACQUES SCHUHL

LES APPARITIONS

roman

nrf

GALLIMARD

*Il a été tiré de l'édition originale de cet ouvrage
soixante exemplaires sur vélin rivoli
des papeteries Arjowiggins numérotés de 1 à 60.*

Je suis à mon bureau, *Time Magazine* entre les mains, le numéro de fin d'année. Sous le titre *Time* et la mention *Person of the Year*, la photo d'un ordinateur : au-dessus du clavier, l'écran figuré par un rectangle d'aluminium collé. Sur cet écran se reflète mon visage. En bas de la couverture au milieu de la page et en grand

You.

Je suis la Person of the Year.

Je joue le jeu ! Dans le miroir qu'on me tend, comme à un million d'autres, depuis l'autre côté de l'Atlantique, je regarde mon visage :

Yeux : Yeux
Oreilles : Oreilles
Nez : Nez
Bouche : Bouche
Signes particuliers : Néant

Pourtant, à y regarder de plus près, j'y décèle des traces associées à des histoires qui me ramènent dans mon passé : de rares taches de rousseur à peine visibles, indices obstinés d'un temps bien lointain où j'en étais criblé, j'étais un rouquin, objet des moqueries alors en usage, poil de brique poil de carotte, je m'étais fait teindre en blond, ça avait donné un jaune citron, citron c'était toujours mieux que carotte. Sous la lèvre inférieure une cicatrice, elle aussi peu visible, m'évoque un accident de voiture sur du verglas, je conduisais vite à cette époque, un dispensaire de fortune dans une bourgade, on m'avait mal recousu avec un fil et une aiguille, une balafre m'avait longtemps marqué le visage. Le nez un peu le même que celui de Dürer jeune sur son autoportrait de trois quarts avec lequel, il y a de nombreuses années, une jeune personne, certainement pour me flatter, m'avait prêté une ressemblance que je sais, à présent, illusoire. Sans doute influencé depuis longtemps par ce tableau du XVe siècle, voulant peut-être lui ressembler, avec ma tendance à imiter, manière de jeu, de citation, face à un autre je me tiens souvent le visage de trois quarts menton levé, ce qui me donne un regard oblique hautain et l'air poseur, une arrogance déplacée hors de mise de quelqu'un qui se trompe d'expression, comme j'aurais pris un chapeau huit-reflets ou une barbe postiche au magasin des accessoires sans me soucier pour quelle occasion.

Ces trois traits sont, pour moi, des signes particuliers car ils échappent en partie à la fatalité génétique et si je devais dessiner ce visage c'est seulement un nez – mais je pourrais aussi découper celui de Dürer et le coller sur la feuille de papier Canson –, une cicatrice mal visible (une barre horizontale, cinq petites barres verticales) et une dizaine de points pour les taches de rousseur presque disparues, que je mettrais : visage incomplet, en cours d'effacement, me rapprochant ainsi de l'Homme invisible que je me sens être parfois, outsider silencieux en bout de table.

Cet adolescent outsider effacé se voyait pourtant aussi sous d'autres aspects, avait sans doute d'autres aspirations ou fantasmes : cheveux teints en jaune citron dans le salon superchic, près de la Canebière, d'Alexandre de Paris, comme un vulgaire trav, balafré à la suite, c'est ce que je prétendais devant les filles, d'une algarade dans un bar à putes et à matelots du Port de Marseille, croyant en une ressemblance avec le jeune Dürer qui, sur son autoportrait, semble, dans son costume en soie, toiser avec orgueil le monde entier, une couronne d'épines entre les mains. Mélange, en somme, d'artiste et de voyou !

Un mouvement involontaire de la main et ce miroir de papier, une feuille d'aluminium collée, bouge à peine mais mon visage, comme dans l'eau tremblée son reflet, se métamorphose : le front se réduit, la partie du milieu s'élargit, je n'ai plus d'oreilles, mes deux lèvres n'en font qu'une, ce n'est plus moi. On dirait Imogene Coca, la femme caoutchouc, cette attraction de music-hall américain dont le corps et le visage étaient modelables comme une créature de dessin animé. J'ai craint un instant de prendre pour toujours les traits déformés d'Imogene car je me souvenais des mots d'un peintre célèbre à propos d'une dame qui se plaignait de son portrait « pas du tout ressemblant » : « Elle finira par lui ressembler ! » Il est vrai que c'était un sorcier venu de Málaga et sa toile recelait sans doute des sortilèges auxquels ne peut prétendre une feuille d'aluminium.

Maldonne ! Je ne suis pas la Personne de l'Année.

Tout en bas :

Yes, you. You control the Information Age.

Welcome to your world.

Erreur sur la personne ! Ce n'est pas mon monde. Je ne contrôle pas l'âge de l'information. Je ne veux rien contrôler…

Ce soir j'étais sorti tard, je me promenais seul, couvert de bouts de papier, de coupures déchirées de journaux, je m'en étais distraitement enroulé autour des poignets, ça faisait des bandelettes en bracelets avec l'actualité dessus, et puis d'autres sortaient de mes poches, et j'avais oublié d'enlever de ma veste l'étiquette agrafée du pressing, j'avais l'air d'un mannequin échappé de sa vitrine. Dans ce monde pré- ou bien post-apocalypse ou, qui sait ?, juste en train, on ne me prêtait pas attention. Je devais pourtant avoir l'air, avec ma démarche de travers entravée et cet aspect rafistolé, d'un survivant le jour d'après. C'est comme hier la négresse du Plaza, les hommes d'affaires pressés ne la voyaient même pas, assise, hébétée, sa valise en cuir bouilli tout près d'elle, dans le grand salon, dans des vêtements de sport larges, pieds bien à plat écartés, sur la moquette en soie, dans des baskets New Balance, au bord du fauteuil, penchée en avant, moulinant de sa main fermée contre la tempe comme avec une manivelle, elle prenait son crâne pour un téléphone. Elle venait d'échapper à une famille saoudienne, habitant l'hôtel, qui l'exploitait, la battait et lui avait confisqué son passeport, c'était dans le journal le lendemain. Ça tenait à je ne sais quoi mais dans son archaïsme, elle paraissait plus avancée, plus vivante, et dans la réalité, que les autres avec leurs portables high-tech en platine et diamants et j'ai pensé « C'est elle la nouveauté ! » : ses yeux perdus dans le vague, au loin, très loin – sûrement une communication longue distance... avec les esprits, une prière peut-être.

J'ai marché dans la nuit jusque chez Monsieur Bœuf. Un camion frigorifique métallisé stationnait devant la vitrine violemment éclairée. Un homme en est sorti en long tablier avec capuche rabattue tachée de sang. Au premier étage on dînait : nappes d'un blanc éclatant, lustres de cristal, demi-carcasses suspendues par des crochets au plafond, décolletés, bracelets... J'ai traversé la salle jusqu'à un mur en glace, un miroir dans lequel se découpait une paroi, en glace elle aussi, aux rainures invisibles. Devant cette porte, comme chaque soir où je venais ici, j'avais peur. Je ne me sentais pas en règle. Je ne me suis jamais senti en règle... Moi, ça a commencé comme ça : les messages de Radio Londres, *Le premier accroc coûte 300 francs Le crêpe des religieuses est un petit déjeuner de soleil*, je répète : *Le crêpe des religieuses est un petit déjeuner de soleil*, le soir, dans une odeur d'auge à cochons, de cuves à vin et de cambouis, enfant aux cheveux rouges, clandestin dans un village huguenot. Ça me plaisait bien, ces odeurs, et aussi celle du casque trouvé sur un sentier de la colline, abandonné dans sa fuite par un soldat allemand. J'en reniflais l'intérieur, parfums mêlés du cuir et de la transpiration d'un inconnu. Le cochon, le casque, je les ai longtemps oubliés, j'avais dû m'en détourner pour devenir ce personnage assez snob, d'aspect superficiel – j'avais un slogan : « Soyez creux, vous résonnerez mieux ! » –, une cloche qui avait perdu le sens le plus animal : l'odorat, donnait ses rendez-vous aux bars des grands hôtels impersonnels, d'où elle expédiait des lettres sur leur papier vélin à en-tête, sans avoir l'argent pour y dîner, une chambre n'en parlons pas, imposteur à ma manière, du temps où j'étais fauchman, je mettais des cravates tape-à-l'œil pour détourner les regards de mes chaussures fendillées. Des fois j'y lisais le journal, déployé devant mon visage : comme un écran pour me protéger du monde, ne plus le voir ? ou comme un miroir reflétant le monde ? Mais le plus souvent je restais assis seul dans le hall à ne rien faire, juste regarder longtemps tourner la porte tambour, à me demander si elle était ouverte ou fermée, dedans ou dehors – je n'ai jamais trouvé la réponse.

Le narrateur d'*À la recherche du temps perdu*, un soir d'orage où il est sorti tard, reste coincé, ni dedans ni dehors, dans la revolving door d'un restaurant, le directeur doit venir, très mécontent, le délivrer. Ni dedans ni dehors, n'est-ce pas sa situation par rapport à la société ?

Je fredonnais quelques paroles que j'avais écrites :

La porte tambour tourne tourne
Sur elle-même
Ouverte ou fermée ?
Elle tourne tourne

Dedans ou dehors ?
La revolving door

sur un rythme de valse à quatre temps – un pocco angoloso.

Je voulais être vide, au bord d'un avenir qui résonnait de nouveautés. Maintenant où tout s'est pétrifié dans un présent sans issue, des lambeaux de ce passé me reviennent, mais comme des parasites car je n'en voulais plus de l'enfance « à tout asservie », de la guerre et de ses vieux clichés. Je ne cherchais pas d'histoires, ce que je cherchais c'était l'immédiateté. Mais aujourd'hui où est-elle ?

Je suis resté de longues secondes, avec ma peur, devant la porte-miroir, sur le point de flancher, j'ai finalement posé mon pouce dessus pour y laisser mes empreintes, elle a pivoté, s'ouvrant sur une salle sombre.

Il m'arrive de m'apercevoir ailleurs que dans un morceau d'aluminium, au coin d'une rue, par exemple, ou dans un bar, c'est moi et c'est un étranger. Je suis assis à une table, à une certaine distance, là maintenant je regarde ce type à cette table plus loin : je crois me voir. Je me suis reconnu à un je-ne-sais-quoi, pas une véritable ressemblance physique, mais un détail, un geste, une expression, ma myopie arrange bien les choses, une manière, le même esprit qui passe et nous habite un instant lui et moi. Je vis dans les apparences et les surfaces. C'est juste une image, peut-être fausse, que je me fais de moi-même, moi qui ne me regarde qu'à peine et furtivement dans les miroirs, évite toute photo, et ignore le socratique « Connais-toi toi-même ». « Je » suis vêtu d'un complet de flanelle sur mesure et d'une chemise à rayures, au poignet une gourmette, moi qui n'en porte jamais. « Je » ou il parle avec animation, désinvolte, viril, rassurant, comme je ne me suis jamais perçu. Je n'entends pas ce que « je » dis, ça doit être drôle puisque la fille semble s'amuser, elle rit. Je perçois me semble-t-il quelques sonorités américaines. Je suis apparemment américain. Maintenant je manipule avec assurance des billets de 50 dollars, l'un pour régler, laissant un pourboire faramineux, une générosité que je ne me connais pas, les autres que je donne à la fille. Peut-être suis-je un jeune homme d'affaires. Homme d'affaires qui a réussi, ça m'allait, trafiquant d'armes retour d'Abyssinie, non je m'égare, du Liban. Reparti là-bas de zéro, je me suis refait. Revenu en France par bateau, les docks de Marseille justement, passé une nuit, en souvenir de l'époque, à l'Hôtel du Niger désert, punaises, cafards, bruits de pas au-dessus toute la nuit. Je suis bronzé, cuivré, couvert d'or, de femmes. J'ai une longue cicatrice en diagonale sur l'abdomen recousu : j'ai été gravement blessé, entre la vie et la mort, lors d'une fusillade devant mon domicile place des États-Unis, d'autres trafiquants saoudiens, héritiers d'Adnan Khashoggi, voulaient leur part du gâteau. Avec mes deux gardes du corps comme dans un film, j'ai toujours aimé faire comme, dans des suites de grands hôtels, on échangeait en quatrième vitesse des mallettes de drogues contre des kalach' et des kalach' contre des foies de porc ou de condamnés à mort chinois pour des greffes, amenés dans des sacs-poubelle noirs par hélico en pleine nuit au bord de ma piscine, ça a sa poésie…

À un moment la fille a tourné la tête vers moi, son regard m'a traversé comme si j'étais invisible. Il se faisait tard, on a baissé les lumières, allumé les lampes sur les tables, le type a lui aussi tourné la tête, je le voyais de face : c'était pas du tout moi, même dans l'esprit. Ce n'est pas ce qu'on pourrait croire, que je rêve d'être ce jeune Américain sûr de lui.

La grosse galette ne fait plus rêver, ça semble être juste une obligation, l'aventure n'est plus au rendez-vous, le hasard n'est plus de la partie – tout est affaire d'information, communication, exécution, et j'aime autant me prendre pour un autre quelqu'un d'autre.

Des apparitions, c'est le but d'un jeu d'enfant simple comme bonjour, bête comme chou, mais pas beaucoup plus que les collages, décalcomanies, frottages et autres jeux plus ou moins automatiques de Max Ernst, auquel je m'amusais depuis longtemps. Dans l'obscurité de mon bureau, une photo dans le journal m'ayant attiré, je passe lentement sans raison manifeste la page dans la lumière oblique de la lampe, la photo peu à peu s'efface et apparaît ce qui se trouve de l'autre côté. Cela a pour effet de rapprocher deux images, et aussi de mettre en valeur la part accessoire, rejetée dans l'ombre, oubliée, exilée, l'envers des choses venu un peu dans la lumière. Je suis du signe du Verso !

J'avais trouvé ce petit jeu que j'avais, pour moi, appelé See through (voir à travers) un peu moins bête que ce que je croyais lorsque je suis tombé sur un aphorisme du poète américain William Carlos Williams : « The true poet see through and all around. » Une image venait glisser sur une autre, se substituer à elle, celle-ci restant présente à notre esprit, comme les lapsus, les jeux de mots. Là, c'était des jeux d'images.

J'avais trouvé par hasard une page que j'avais gardée d'un *France Soir* de 1966, une autre époque, une grande photo de Mao Tsé-toung. Le président devant la lampe s'était peu à peu effacé, remplacé par une cover-girl en soutien-gorge, publicité pour sous-vêtements Lejaby. J'avais essayé l'inverse mais dans le mannequin occidental rien ne transparaissait. Mao pouvait devenir une jolie fille, pas l'inverse. Mais peut-être s'agit-il d'un jeu d'enfants et il faut, comme eux, croire aux images plus qu'à la réalité.

Mao se métamorphosant en une jeune cover-girl new-yorkaise, c'était son côté Orient extrême. Warhol qui aimait les corps vides l'avait sûrement noté avant sa série des *Mao*. L'acteur chinois des années vingt Mei Lang-fan, célèbre pour ses transformations en femmes diverses, était admiré par Eisenstein, Brecht, qui ont écrit des études sur lui, et Charlie Chaplin qui leur en avait parlé : aucune hystérie. Stylisé mais tout en nuances, en détails. L'anti-drag-queen. Transparent.

Assis la nuit à mon bureau, je ne fais rien, j'attends. Je contemple les emballages que j'ai gardés, *enveloppant de leur creuse blancheur un rien*, vides d'un contenu que j'ai oublié depuis le temps, évocateurs d'un monde idéal de formes sans substance, flottant. Et parmi eux, sur ma table, cet objet japonais dont on m'a fait cadeau un soir de Noël, trois fois rien : un petit bol en papier, *This is a paper bowl that envelops air. You can change its shape*, une résille légère qui enveloppe l'air et peut changer de forme, et si je le retourne c'est un chapeau cloche miniature, fin comme une feuille de papier cigarette, dans lequel je dépose des petites coupures de journaux, bouts de papier annotés, photos, pliés, roulés en boules, parfois j'en tire deux ou trois au hasard qui déploient leur force d'évocation, le chapeau cloche miniature devient une machine à remonter le temps.

Et puis je suis allé me coucher, laissant *la page à la blancheur stérile sous la lampe* éclairée dans le bureau désert. C'était une nuit d'orage et j'ai eu du mal à m'endormir.

À mon réveil, j'ai eu une surprise : un vers en anglais était inscrit sur la page. Ce n'était pas mon écriture.

Here s the ma with thr e staves an here s the Wheel.

Il manquait cinq lettres, sur un papier d'un blanc passé. Après la stupéfaction, j'ai éprouvé un certain plaisir : je m'efforce à ce que mes phrases soient le plus distantes de moi possible, détachées, pour avoir l'impression illusoire que ça ne vient pas de moi, mais directement du monde, le langage s'inscrivant sans intermédiaire. Des carnets très anciens, capsules de temps, resurgissent parfois de mon désordre, je n'en reconnais souvent pas l'écriture, et quand j'arrive à la déchiffrer je n'en comprends pas le sens, et quand je le comprends je ne vois pas comment moi j'ai pu écrire cela, et je trouve agréable cette étrangeté, opacité hermétique, distance avec moi-même : ces mots lointains ont l'aspect irréfutable et dépourvu de contingence des faits ou des objets et me donnent l'illusion d'être un autre. C'est ce qui se produisait avec ce vers venu sur la page.

J'utilise beaucoup les citations, j'aime écrire avec les mots des autres. Ce vers, d'ailleurs, n'avait rien de déplacé dans un récit disparate qui était de formes variées. Il venait ajouter une touche différente à un texte qui en comptait déjà beaucoup. Et il m'arrive de transfuser un vers, quelques mots d'un poète dans mon texte, un shoot de poésie pour électriser une prose languissante.

J'allai dormir dans la chambre. Dans les limbes du demi-sommeil, je voyais le fauteuil, la table, la page sous la lampe, dans le bureau vide, puis les mots prenant forme tout seuls. Je me demandais si, après tout, ils n'avaient pas leur vie. On croyait les écrire mais ils étaient plus forts que nous, tellement plus anciens, depuis le tout début et longtemps après que nous aurons disparu ils seront encore là, même s'il en meurt de plus en plus chaque jour sous les coups de la technologie mondialisée.

Certains musulmans pensent que le Coran est extérieur à l'homme, directement dicté par Dieu. Dans l'Ancien Testament, Livre de Daniel, versets 25-28, parabole de Mené Téqel, les mots menaçants mané thécel pharès, présageant un châtiment divin, s'écrivent tout seuls en signes araméens, sur un mur, sous les yeux de Nabuchodonosor, sans qu'il perçoive qui écrit. Après tout, pourquoi ce qui était arrivé à Nabuchodonosor en je ne sais combien avant J.-C. ne pouvait-il m'arriver à moi en 2020 de notre ère ?

Plus proche de moi que ces textes sacrés, je suis tombé récemment sur un fragment en allemand d'un écrivain juif de Prague qui vivait dans le quartier des alchimistes :

Une nuit de tempête extrêmement violente – le vent chassait brutalement les trombes d'eau dans la cour par-dessus la plus basse des maisons – je veillais encore, penché distraitement sur une page manuscrite, j'entendis distinctement un son plaintif venant de la cour. J'écoutai, mais tout restait silencieux, indéfiniment silencieux. « C'est sans doute une erreur », je me suis dit. « Pas d'erreur », dirent les lettres au bout d'un instant en composant littéralement la phrase sur la page. Les lignes commençaient à s'agiter, les lettres à trembler.

J'étais encore assis à ma table de travail, j'ai regardé distraitement la page d'un journal récent. J'aimais décidément bien faire pour moi seul ce numéro simplet de prestidigitateur illusionniste, un jeu d'enfant qui me ravissait chaque fois. En voulant la jeter dans la corbeille à papier je l'ai passée sous la lampe pour laisser peu à peu apparaître en transparence au verso Marge disparue et que je croyais morte revenant par hasard vers moi, allongée sur un sofa, tête renversée en arrière, yeux clos, une publicité pour le parfum J'ai osé. De la même manière que dans l'anamorphose d'Holbein, aux pieds d'Ambassadeurs superbes et souverains, une tête de mort cachée sous le glacis sombre de la peinture apparaît sous notre regard latéral. Elle affleurait dans la lumière, comme la pellicule de cinéma, ce ruban de rêves, devait, il n'y a pas si longtemps, passer par le négatif pour que ceux-ci se révèlent.

« L'Ombre, comme le négatif, disparaît aujourd'hui… » me disait Vaughan, avant de disparaître lui aussi je ne sais où, cela fait plus de quinze ans maintenant. Les rares mots qu'il prononçait, d'une voix pâle, inexpressive, semblaient prélevés sur l'Obscur. « Tout est de plus en plus si éclairé, la technologie rêve de propreté et a horreur de l'ombre. Il y a un opéra de von Hofmannsthal, *La Femme sans ombre*, elle est victime d'une malédiction.

— Et Peter Pan qui s'aperçoit avec tristesse qu'il a égaré son ombre au Château. La jeune châtelaine la retrouve dans un tiroir et la lui recoud à sa veste, il lui exprime son plaisir et sa reconnaissance.

— Tu te souviens *Le Troisième Homme*, la première apparition d'Harry Lime, son visage sort de l'ombre très lentement sur trois accords de cithare dans une encoignure de porte, son sourire fugitif, le regard ironique, juste quelques secondes et il a disparu, l'ombre l'a repris. Il est le Mal et aussi le Charme, la séduction.

— Ce sont des contes et histoires d'une autre ère. »

Devant cette réapparition par hasard, comme par enchantement, je me suis demandé ce qu'elle était devenue, elle qui m'avait servi de modèle pour mon petit livre *Entrée des fantômes*. À la fin elle m'agaçait, elle parlait tout le temps d'elle-même, monologues que je ne comprenais pas bien, laissait tomber son sac, l'étourdie !, pour que je le lui ramasse, qu'on s'occupe d'elle – un truc qu'elles ont. Elle faisait ça très bien, j'avais remarqué, avec une merveilleuse désinvolture : elle laissait imperceptiblement glisser la lanière du grand sac Gucci le long de son épaule gauche, juste au bord, puis elle faisait un soi-disant faux mouvement vers la droite et le sac tombait très naturellement par terre, où se répandaient, dans l'entrée des restaurants, pots à maquillage, énormes agendas multicolores, brumisateurs, tickets d'avion, sachets de cocaïne, j'sais pas quoi encore… photos de ses autres amants, un photomaton où elle faisait des grimaces avec Vaughan. Il fallait que je ramasse tout ça. « Attends, j'vais le faire » quand j'étais déjà à genoux.

Depuis longtemps elle s'était brouillée avec moi, à la suite de la publication du livre où je l'avais prise comme modèle : une sorte de marionnette actionnée à distance par des fils lointains, un automate sans cervelle, un peu créature de science-fiction, de synthèse, façon Lara Croft.

« Tu as fait de moi une somnambule sous psychotropes, disait-elle dans sa lettre, tu as changé mon nom mais on me reconnaîtra à ce sobriquet qu'on m'a collé dessus bêtement et que tu reprends : Miss Coco, et page 12 tu parles d'un modèle pour teenagers mondialement connu avec un visage enfantin animal. Y en a pas trente-six. Et puis c'est quoi cette scène porno des pages 25 et 26 où je baise avec un motard inconnu envoyé par Vaughan qui m'offre des tulipes pleines de cocaïne. Et cette histoire abracadabrante de complicité équivoque avec un cardinal. Où tu es allé chercher tout ça, en plus tu prétendais toujours que la pure imagination ne te plaisait pas… Je te demande de faire arrêter la publication du livre et de supprimer les pages 25 et 26 ou, mieux encore, de m'enlever de ta galerie de fantômes. »

Cette créature passive à moitié inerte que j'avais décrite, si elle satisfaisait mon goût du morbide d'alors, ne correspondait pas bien à la réalité. Elle était souvent même plutôt le contraire. En y repensant, c'était en fait un aspect de moi que j'avais décrit sous ces traits. Marge pouvait être très vivante, pleine d'initiatives et de fantaisie…

« Regarde ça, c'est horrible, ma bouche énorme et ouverte. » Après le scandale de la collection Sommeil, Marge avait posé pour une publicité, son image s'affichait sur Times Square. On était un soir passé devant par hasard. « Elle me poursuit dans mon sommeil, détachée du visage. Les lèvres, elles vibrent, elles s'ouvrent encore plus. » Quelques jours plus tard, elle me tendait une page du *New York Times*. « Lis ça ! » :

GRAND CENTRAL CÉLÈBRE SA GLORIEUSE RENAISSANCE

Une cérémonie

La gare était, bien sûr, la star de l'événement, mais il y a eu aussi un *razzle-dazzle* cinétique : très haut au-dessus des dignitaires rassemblés – gouverneur George Pataki, John Kennedy Jr. – un artiste trapéziste du Big Apple Circus était hissé à 36 mètres jusqu'à un plafond voûté, et là, où il resplendissait dans un justaucorps jaune taxi, il se balançait et tournoyait à une corde. Des lumières turquoise dansaient le long du plafond peint aux sons de la *Rhapsody in Blue*. Six conducteurs du Train Banlieue Nord en uniformes accompagnaient avec solennité une marche originale interprétée par le Westchester Philharmonic, avec des sifflets, cloches et une boîte avec un cliquet qui imite le bruit des roues d'un train. La marche était intitulée *Grand Central*.

« Et alors ? — Alors, ça y est, j'ai trouvé, je l'ai engagé pour 2 500 dollars. — Qui ? — Le trapéziste du Big Apple Circus. — Pour quoi faire ? — Monter là-haut, diminuer la bouche, retoucher tout ça. — Mais l'acrobate est aussi dessinateur ? — Non, ce sera une photo de ma bouche fermée que je ferai faire et on la collera là-haut sur cette horreur. — C'est une galéjade ? Cette affiche est reproduite à des centaines d'exemplaires dans toutes les grandes villes de la planète. »

Je me souvenais d'un film avec Buster Keaton : il s'est évadé, il est traqué. Il tombe face à face avec sa photo sur une des affiches Avis de recherche. Après réflexion, il a une idée : il ramasse un bout de crin qui traîne par terre et le colle sur l'affiche comme moustache. Ça ne l'a pas fait rire… Elle n'a plus reparlé de ce projet fou. Mais j'ai parfois imaginé la scène : il est cinq heures du matin, l'acrobate est en justaucorps, il démarre l'ascension avec des ventouses comme l'Homme-Araignée, il continue harnaché avec des crochets, à la fin il se balance tout là-haut au bout des filins d'acier avant de coller une bouche par-dessus l'autre. Un passant solitaire attardé murmure le slogan de la ville féerique qui était alors encore le lieu de toutes les excentricités : « Only in New York, kids ! Only in New York ! »…

On monte dans la voiture avec chauffeur mise à la disposition de Marge, spacieuse comme un carrosse, noire et lente comme un corbillard. On est assis elle et moi sous la veilleuse bleutée. Elle a enlevé une chaussure, replié une jambe et passé son pied nu sous elle. On prend le Franklin D. Roosevelt Drive, on longe l'Océan, tout le long de l'île le long de l'eau Pamela ho ho.

On arrive à son appartement. Il y a plein de photos découpées d'elle, des bouches partout par terre. Le jour se lève sur l'East River, filament rose à l'horizon. Marge met *Satellite Girl.* Elle danse en la mimant. Un peu gauche exprès.

She looked like she learned to dance from a series of still pictures
She's madly excited now, she throws her hands up like a tulip
She looks like an illustration of a cocktail party
Where cartoon bubbles burst in the air
Champagne rolls of her tongue
Like a second language
And it should have been her biggest night
The satellite looks down on her as she begins to cry
All over the world at the very same time people sharing the same sorrow
As the satellite looks down her darkest hour is somebody's bright tomorrow

Autre époque… old times… même la chanson… j'ai jeté la page avec la photo dans la corbeille.

J'ai voulu revoir l'autoportrait de trois quarts de Dürer jeune qui, avec mon goût de l'imitation, avait influencé il y a bien longtemps une de mes attitudes et aussi une expression. J'ai regardé dans le dictionnaire allemand Brockhaus en douze volumes, le tableau n'y était pas reproduit, à la place figurait un autoportrait de Dürer vieux, une gravure, toujours son trait acéré à la pointe sèche, un fin tissu blanc lui recouvre la tête, un peu de guingois, un pauvre petit visage chiffonné sans forme, un chaos où les traits ne sont plus rattachés à la peau, aux muscles, aux fibres ; ils flottent. La bouche, le nez : de petits bouts de chair. Les yeux : total désastre, astre noir de la Melancholia. Les traits tellement déchiquetés que la ligne du visage n'était pas restituable. En se dessinant dans l'angoisse, songea-t-il à la conjurer, à la faire passer en urgence dans l'univers des formes, comme déjà les hommes d'Altamira face à la Bête, l'art face au temps et à la mort ? Dessiner, dessiner, graver des formes à interposer entre lui et la mort, dessiner la mort pour l'exorciser, la mettre un peu de son côté, la monnaie de la mort comme il l'avait fait dans sa fameuse allégorie *Le Chevalier, la Mort et le Diable.* Dans cet état, comment a-t-il eu la force de se dessiner, c'est d'ailleurs bâclé, dans un sursaut de désespoir. Les yeux la bouche le nez n'étaient pas les parties d'un ensemble appelé visage avec un lien organique, ils étaient épars et pas bien à leur place sur une surface de chair blanche, un visage défait. Une angoisse dessinée avec force et acuité dans un sursaut de désespoir lucide. Il ne restait rien, dans ce champ dévasté – sinon leurs ruines – de la splendeur du teint, la superbe arrogance du regard, la courbe orgueilleuse du nez – contrastant avec l'aspect féminin de sa chevelure « roux vénitien » maintenue en haut du front et autour du visage par un filet d'or, et retombant jusque sur ses épaules, du portrait de lui jeune. C'était, à quarante ans d'écart, les deux volets d'une autre allégorie, vivante, charnelle et involontaire celle-là : *Orgueil et Châtiment.*

Était-ce à la même époque – oui, sûrement ! – qu'il avait fait parvenir à son médecin un dessin de lui, en pied, nu, cheveux longs « à la diable », l'œil furibond, désignant de l'index un point proche du pancréas avec écrit : « C'est là que j'ai mal » ? Et une voiture des services postaux Thurn und Taxis roule bon train au long des routes, emportée par quatre chevaux au galop, le cocher fouet haut levé, et dedans, à la place du peintre, la mince feuille de papier avec lui nu.

Si j'avais, il y a quarante ans, ressemblé un tant soit peu, et sans toute cette splendeur, par un trait anatomique, comme, pour me flatter, l'avait prétendu cette jeune fille, à son portrait jeune au même âge, j'avais continué à lui ressembler au fil des années et il me paraissait d'une certaine drôle de logique empruntée à la pensée magique que j'allais bientôt ressembler, que je ressemblais peut-être en partie déjà, surtout dans mes épisodes dépressifs, à ce dessin que je contemplais attentivement dans le dictionnaire comme dans un miroir.

J'avais eu recours à des voiles, des masques, des subterfuges naïfs pour nier ou me divertir du temps qui passe, et j'avais ainsi utilisé l'image de l'escalier roulant sur lequel on a l'illusion d'être fixe quand les autres arrivent en sens inverse. Et je me voyais toujours « jeune homme », même quand je me regardais dans la glace, ce qui m'était facilité par la rareté de mes liens sociaux. Je ne voyais pas le changement, j'étais toujours le même, comme les personnages de bandes dessinées, les héros célèbres des épopées antiques, contes et légendes… Une folie comme une autre !…

Mais face maintenant à l'écart entre ces deux portraits, je soupçonnais quand même le changement qui devait être le mien aussi – le surplace de ce tapis roulant est une illusion, je ne peux pas éternellement me masquer qu'il se dirige vers la sortie. Leurres et subterfuges commençaient à tomber même si je continuais à ne pas bien me regarder en face dans la glace de la salle de bain. Je m'étais parfois demandé quoi opposer en guise de diversion à la mort. J'en avais fait le compte : Érotisme, Aventure, Mystique, Drogue, Poésie. Et j'avais fait le bilan : négatif. Car encore fallait-il en avoir le luxe, être doué pour, que l'époque s'y prête, ou les trois à la fois, et la chance en plus. L'époque était mortifère et hostile à ces luxueuses échappatoires. Et l'aventure, géographique ou révolutionnaire, s'était achevée : les cartes étaient distribuées, les jeux étaient faits, rien n'allait plus. Fini le temps des têtes brûlées où Mallarmé célébrait à la fin d'un banquet anniversaire de la naissance de Vasco de Gama *le sourire du pâle Vasco devant cette Inde splendide et trouble*. Restait alors cette chose indéfinissable qui est partout et nulle part, indispensable on ne sait pas à quoi, aussi secrète et mystérieuse qu'une intime croyance religieuse ou un érotisme raffiné, la poésie. Qu'est-ce qu'elle était devenue ? Où était-elle passée ?

Chaque soir à la tombée du jour, à l'angle de la rue de Sèvres et de l'impasse Récamier, entre la sortie de métro et le kiosque et ses gros titres de tabloïds, un petit homme dans un manteau usé trop grand pour lui guette et s'approche furtif des passants, entrouvre son manteau et en sort, comme on propose un jeu de cartes pornographiques, revues et plaquettes de poésie. « Ça vous intéresse, la poésie ? » à voix basse, à la façon d'un code secret ou d'un mot de passe. On s'écarte de lui : veut-il nous entraîner dans l'impasse déserte ? Mais le lendemain il est là à nouveau. « Ça vous intéresse, la poésie ? » À sa manière louche, c'était un lointain écho minable très déformé, mais écho quand même, du temps très ancien où la poésie des mystères orphiques, cette ancienne et magique pratique, était clandestine, dangereuse et auréolée de prestige, apte à faire oublier le temps. Cet écho miteux était plus proche en tout cas de ces mystères ténébreux que quatre vers en exergue clinquant au fronton d'un roman à couverture blanche et liseré rouge. « Ça vous intéresse, la poésie ? »

Je continuais de regarder la petite gravure, et scruter ce visage comme dans le miroir, de mon avenir proche. Et puis j'ai refermé le lourd dictionnaire. Je ne faisais rien, j'attendais.

« Allô ! Vous perdez votre sang ! »

La voix anonyme venait de loin ! Je n'avais pas tout de suite reconnu le docteur S.

« Vite ! Foncez aux urgences ! Tout de suite ! »

Dans le miroir j'étais blanc comme un linge... Le camion des pompiers file dans la nuit, il est dix heures du soir, c'est l'hiver, tout est désert, on longe l'Océan, l'ancien Casino au bord des flots, palais second Empire : au dernier étage, sous les toits, Gustave Courbet a vécu avec Jo la Belle Irlandaise : un nu la révèle, alanguie sur un lit, lourde chevelure fauve aux nuances de rouge, cuivré, blond vénitien, dénouée en cascade jusqu'au creux des reins, tournée vers nous, yeux clos, lèvres entrouvertes. Je perds mon sang à quelle vitesse ? Encore l'Océan, le Vieil Océan. Cette nuit de novembre, le vent souffle en rafales de la mer, la marée est haute et le fracas des vagues, balayées par le rayon lumineux du Phare, arrive jusqu'à moi. Après c'est la montée dans le silence, longtemps, l'hôpital est là-haut sur la colline, comme dans la chanson avec le chœur d'enfants, *Là-haut sur la montagne y avait un beau chalet.* Sirènes dans le lointain… Réanimations… Morts : une épidémie s'était répandue à travers le monde.

On gravissait maintenant, moi dans mon brancard à reculons, une petite route bordée de champs avec vaches normandes dormant sous les pommiers en fleur, qui dans la journée, d'après une carte postale que j'avais reçue, étaient un symbole de bonne santé et d'un bonheur pastoral, mais là, par cette nuit d'hiver brumeuse et dans l'obscurité, ces arbres aux branches desséchées s'agitant dans le vent faisaient plutôt l'effet de pattes griffues, de sorcières dans leurs robes de brume.

« Vous perdez votre sang ! »

Je n'avais pas réagi, ressenti aucune émotion, ma pensée s'était presque arrêtée, mes mouvements étaient, dans l'instant, devenus machinaux, mes gestes automatiques. Est-ce qu'avec ces quatre mots j'avais enregistré, sous le seuil de la conscience éveillée, les signes infra-sensibles de grands dangers et mon cerveau avait-il aussitôt refermé les signaux d'alerte, débranché certains circuits, comme il le fait souvent, paraît-il, à l'approche de la mort, la peur serait trop forte ? Ces mots m'avaient juste effleuré puis avaient dû s'éclipser dans une zone que le cerveau avait éteinte, oui, les mots avaient leur vie. Quand c'était arrivé, cette violente hémorragie, je passais quelques jours au bord de la mer dans cette petite ville thermale sur l'Atlantique, qui avait été en vogue au début du siècle dernier, pour finir d'écrire une sorte d'autoportrait, miroir à cinq ou six faces dont j'avais brossé des esquisses.

D'où venait-elle, la voix du docteur S.? Il est toujours en voyage au diable. Où déchiffrait-il mon sang? Devant les flocons de neige à une fenêtre de son chalet à Gstaad? Sous les lanternes en papier d'un restaurant de Saigon où il dînait avec leur ministre de la Santé? Pendant la suspension de séance d'une assemblée tardive de l'OMS à Genève? Était-ce dans un de ces endroits qu'il lisait dans mon sang, devant la neige, sous les lanternes en papier, et c'était comme si là-bas un peu de moi se trouvait sous forme de chiffres et de formules chimiques?

À présent la montée était plus raide sur la petite route en lacets et dans les virages serrés j'apercevais tout en bas au loin la petite ville balnéaire, encore l'ancien Casino et le Dôme, l'atelier de Courbet, la belle Irlandaise avait aussi posé pour Whistler, qui lui aussi l'avait aimée, en longue robe blanche, pieds nus sur une peau d'ours: *Symphonie en blanc nº 1.* «Tu te souviens, elle faisait le clown pour nous égayer et nous chantait des ballades irlandaises.»

Je me redis: «Je me vide de mon sang», je revois mon image dans le miroir, blanc comme une feuille de papier.

J'écrivais sur des mannequins pâles et squelettiques, chétives et cocaïnées, traînant au bord de la Tamise, poudre *rose poussière* aux paupières, et Frankenstein-le-Dandy, fantômes morbides chics sortis des magazines papier glacé et qui hantent les grands hôtels la nuit. Attiré par ces créatures, il me semble même que j'avais voulu être comme elles, je n'étais pas allé très loin, visage talqué, une touche de fond de teint, à défaut je les avais décrites et ce soir j'étais devenu pâle comme l'une d'elles ; mes modèles ont déteint sur moi et, comme dans un film d'horreur plein d'hémoglobine, je me vide de mon sang.

J'avais même écrit pour *Vanity Fair* une aventure imaginaire qui m'entraînait en Thaïlande sur les traces d'une séduisante doctoresse médico-légale. Elle examinait des os et des organes. Et j'y manifestais un attrait macabre pour le service des urgences dans les hôpitaux de Bangkok. J'avais trouvé comme titre : *Hello Docteur Death !*

« Les esprits que tu invoques, tu finiras par ne plus pouvoir t'en débarrasser. » Pas besoin d'être Faust pour subir cette malédiction du Diable…

Pose provocatrice dans cette époque de technologie et de scientisme béat, j'affectais une forme de pensée magique et de superstition digne des faiseurs de pluie et des sorciers nègres : des mots avaient déclenché une brutale et violente perte de sang, « c'est comme si vous aviez reçu un coup de poignard », me dit le docteur S. par la suite. Je m'efforçais de croire à ces modes de pensée et pratiques anciennes mais là non plus je n'étais pas allé très loin dans l'étude de ces rituels sacrés, un peu un livre de Marcel Griaule, un film de Jean Rouch *Les Maîtres fous*, c'était avant tout une conjuration, illusoire et inopérante, cause perdue, peine perdue, du règne triomphant de la technicité, une vaine incantation. Probable que les descendants des tribus dogons avaient abandonné les cérémonies pour faire revivre les morts ou se rendre propices les esprits, et se défiaient au Trivial Pursuit.

N'empêche, je crois que ce que l'on écrit a un effet sur nous, les écrivains, à défaut d'en avoir sur les lecteurs. La page agit comme un miroir d'encre, on finit par ressembler à ce reflet, peut-être même au point d'avoir une hémorragie interne parce que j'ai trop complaisamment écrit sur un monde morbide et exsangue.

On est passés devant la petite chapelle Notre-Dame-de-Grâce, entourée de hêtres centenaires… Un terrain plat rasé, quatre projecteurs éteints, un dans chaque angle, bon pour un héliport au sommet de la colline, une bâtisse tout en hauteur de six étages : j'étais arrivé. Cet endroit me rappelait quelque chose.

« Vous avez mal où ? »

La salle est très grande, déserte. Lumière blanche. Je suis au centre. Allongé sur un lit.

J'ai pointé un index : « C'est là que j'ai mal, au pancréas. — Là ce n'est pas le pancréas, c'est l'estomac. — Alors j'ai mal à l'estomac. »

Devant moi sur toute la largeur une paroi au vitrage opaque.

Des pas se sont éloignés, les voix aussi, « forte hémorragie… ulcère perforant… » puis ont disparu.

« Les poches de sang sont en route, elles arrivent bientôt… »

Cette expression « poches de sang », je l'avais lue la première fois dans le journal, années quatre-vingt, elle revenait souvent à la rubrique Sports : le fameux scandale Puerto dans le milieu cycliste du Tour de France, un magicien du dopage, le docteur Eufemiano Fuentes, sorte de Mabuse, qui métamorphosait des personnes ordinaires en merveilles biomécaniques. C'était un homme de l'ombre, on disait qu'il usait aussi de méthodes parapsychiques, qu'il avait l'appui d'influents politiques. En pleine nuit dans les petits hôtels au bord des routes, des policiers, envoyés par l'Agence anti-dopage, débarquent par surprise, réveillent des coureurs, découvrent dans les salles de bain, les valises, les tiroirs, sous le lit, ces « poches de sang » où se mélangent EPO et hormones de croissance, que les cyclistes se transfusent eux-mêmes.

J'étais attiré par cette image, trouble univers clandestin de ce mystérieux et maléfique docteur Eufemiano Fuentes, son nom devait y être aussi pour quelque chose, cible d'une descente de police à une heure inhabituelle de la nuit dans un hôtel en bord de route. Qui sait ce qu'il y avait dans le sang qui m'était destiné ? Le sang d'un monstre, Dr Jekyll et Mr Hyde ? celui d'un assassin ? d'un champion cycliste et j'allais me métamorphoser en merveille biomécanique pour une simple particule ajoutée ? Aujourd'hui le sang se balade partout et, comme toutes les banques, les banques de sang sont corrompues. Une notice pour un collyre qu'on m'avait prescrit contre la tension oculaire mettait en garde contre les effets indésirables : dans un cas sur cent, les cils poussent et puis tombent, les yeux deviennent rouges, les paupières enflent ! Le laboratoire qualifiait ça d'« indésirable » ! Tel que je me voyais, marginal, outsider, j'étais persuadé que le un sur les cent c'était moi. J'avais renoncé à le prendre.

En plus l'idée d'une sorte de lien, de chaîne de solidarité humaine entre donneur et moi récepteur m'affligeait. Je ne donne jamais mon sang, je ne me suis jamais senti inclus dans une communauté et j'ai toujours présentes à l'esprit les paroles d'un académicien, éditeur d'ouvrages de sciences humaines, parlant de moi à une amie commune : « Mais dis-moi, Paola, qui est cet être un tiers animal, un tiers végétal, un tiers minéral, et peut-être un peu humain, que tu nous as amené hier à dîner ? »... C'était plutôt bien vu, j'avais du mal à prendre part à la vie des hommes, encore aujourd'hui, leurs travaux, leurs jeux, leurs peines.

« Les poches arrivent dans une heure ! »

Soudain j'ai su ce que l'endroit me rappelait : *la clinique Arensberg* que j'avais imaginée au début d'*Entrée des fantômes*, un petit récit à prétention fantastique-noir que j'avais publié dix ans plus tôt, la jeune fille en limousine avec chauffeur, hébéphrène et sans doute sous stupéfiants, aperçoit au loin, sur la colline en partie plongée dans les ténèbres, la forme blanche de la clinique, elle semble flotter dans les airs, on racontait que là-bas se déroulaient *des expériences sur les cerveaux de cobayes, trafics d'organes – foies de condamnés à mort chinois, cornées d'adolescents colombiens enlevés le jour en pleine rue, contre des armes et de la drogue – grands sacs plastique, ballets nocturnes d'hélicoptères*. Possible après tout que ce que l'on écrivait finissait par arriver et pas seulement les figures cireuses qui déteignaient sur leur auteur. Un lieu fantastique inventé pour les besoins d'une fiction s'était-il matérialisé? Oui, la réalité imite l'art, mais jusqu'à un certain point. Ou bien cet hôpital qui avait l'air vide, cette vaste salle déserte où j'étais allongé, pas de personnel près de moi, mon cerveau avait-il, par associations, à l'aide de quelques lignes que j'avais écrites onze ans plus tôt, rendu fictive cette polyclinique banale? J'étais victime de mon propre livre! J'avais toujours eu besoin que la réalité soit fictionnalisée, passée déjà par un médium, si peu que ce soit, même une chanson, une simple photo, échappant ainsi au naturel brut du quotidien. Là ç'avait été écrit, et juste par moi, mais cela donnait à cet endroit un air de déjà-vu d'autant plus étrange et aussi familier.

Tout était silencieux.

« Vous m'entendez ? »

La voix criait très fort mais était assourdie et semblait venir de très loin. Est-ce qu'elle s'adressait même à moi ? À tout hasard, j'ai hurlé « Oui ! » et le silence est revenu.

« Docteur ! Oh oh ! Allô ! Hello ! Y a quelqu'un ?! »

Face à moi au fond de la pièce, derrière un store, un rideau s'ouvre lentement vers le haut, comme se lève un rideau de théâtre, sur une silhouette criant derrière la vitre : « Pourquoi criez-vous ?

— Qu'est-ce que je fais là ? Qu'est-ce que j'attends ?

— Le sang ! Vous attendez votre sang !

— Oui, le sang d'un poète ! »

Le rideau tombe lentement. J'ai pensé « le rideau tombe » et ces mots ont déclenché ma peur. Pas pour longtemps, mon cerveau a dû couper certains circuits, et je suis parti ailleurs…

… Je n'ai pas toujours été cet être incertain, évanescent et privé d'assurance. Quand j'arrivais à New York, je hennissais comme un cheval : j'avais reconnu ma terre d'élection ! « Wahohh ! Hinhinhin ! Ahhh ! » Une île qui était un immense parc d'attractions ! Quel aplomb ! Pas surprenant… le ciel là-bas est vertical !… Dès qu'on marche, on marche vers le ciel ! C'est ce qui leur donne, et me donnait à moi aussi, cet orgueil, cette assurance. La ville n'appartient à personne, donc je m'y sentais chez moi plus qu'ailleurs ! Manhattan, entre les deux guerres, était le lieu au monde où il y avait le plus de magiciens et de danseurs, c'était la ville des danseurs, et encore après guerre, avec la compagnie de George Balanchine, le New York City Ballet, et même plus tard des traces de leurs pas y demeuraient, surtout autour du Lincoln Center jusqu'au Park – ça s'était transmis au-delà des professionnels – avec aussi l'arrivée du rap et du skateboard – ça faisait des mélanges, on croisait encore dans la rue des inconnus qui étaient à la lisière, entre la marche et la danse, encore un peu l'une déjà presque l'autre.

Des magiciens aussi il en restait quelques-uns, dans des tout petits *theaters* de poche… et puis à Times Square, dans des galeries en sous-sol, des stands et baraques de quat'sous, entre un cireur de chaussures et un barbier italien. Il fut un temps très ancien où magiciens et médecins c'était pareil… et puis sorciers, marabouts… la danse et la magie contribuaient à la féerie électrique et aérienne de la ville. C'était bien beau tout ça, mais ce n'était pas une mémoire vivante parce que ces souvenirs étaient construits, trop généraux et collectifs, élaborés en partie avec des choses lues dans les magazines, et pas suffisamment singuliers et subjectifs.

Et puis en vérité la danse ne m'intéressait pas tant que ça, je n'allais jamais voir des ballets, et les illusionnistes, tours de passe-passe, apparitions, escamotages : des trucs techniques, le contraire même de la Magie. Et puis Manhattan s'était éteinte. Son sang ne pulsait plus dans ses artères, recouvert par les effets de la barbarie technologique, islamique, disneyique, les habitants y parlaient maintenant, comme partout sur notre planète devenue petite, le langage de l'argent abstrait, les corps avaient changé et ma mémoire avec, même le ciel avait changé. Danseurs et magiciens avaient disparu. Sans la protection, à 7000 kilomètres d'ici, de « la ville qui ne dormait jamais », animal-machine, le présent était trop fort, et les souvenirs trop faux. Et donc ma peur est revenue.

Allongé, perdant mon sang, face à ce rideau baissé, mon cerveau a voulu repousser encore un peu cette peur. Et c'est lui maintenant que je voyais, il me faisait signe, je l'avais oublié le petit rectangle bleu. Je sortais de la porte tambour de l'Hôtel Royalton où j'allais parfois passer un moment dans le hall, avec ses hauts voilages blancs de part en part, flottant au moindre souffle venu du dehors, tout au long desquels déambulait, nonchalante, une clientèle vêtue à la dernière mode, un lieu que l'on imaginait mal être sur une île. Nos lectures de l'enfance viennent longtemps après, comme un filtre, même comme un philtre, voiler la réalité, et *L'Île au trésor*, *Les Aventures d'Arthur Gordon Pym* ont imprimé en nous pour toujours leur décor de buissons et rocailles hostiles, capitaines à la jambe de bois, héros en haillons, vieux parchemins emplis d'inscriptions abrégées, cryptées, à déchiffrer comme les hiéroglyphes et pictogrammes égyptiens, et lorsque j'étais à Manhattan, le mot île, ou son image loin de tout, ne venait pas à mon esprit. Et donc alors que j'étais sorti de la porte tambour et avais descendu les quelques marches jusqu'à la rue, au milieu de la ville, en me tournant sur la gauche j'avais aperçu un petit bout de bleu. J'avais d'abord cru à un trompe-l'œil et je mis un temps à réaliser qu'il s'agissait de l'Hudson qui borde Manhattan à l'ouest, quelques centimètres carrés à peine, un rectangle parfait qui donnait à tout le reste un éclairage spécial, comme un élément étranger surajouté dans le décor, fiché au bas des hautes tours aux couleurs sombres, tel un papier collé. J'avais tout simplement, à cause du hall du Royalton, et de ses silhouettes sophistiquées, oublié la mer. Par une illusion d'optique, la petite bande bleue semblait tout près… non… ailleurs. On aurait dit qu'il n'y avait pas de profondeur de champ, pas de perspective, comme le ciel, tout était sur le même plan – cubiste ! Et grâce à ce morceau bleu de rivière on réalisait à nouveau qu'on était sur une île et ça donnait une liberté, une euphorie… et puis le bleu, sous l'angle qu'avait pris la lumière, ne mit pas longtemps à scintiller comme un morceau de mica : c'était l'Ailleurs qui me faisait un clin d'œil, à moi, pas à un autre !

Le rideau est lentement remonté, laissant apparaître la silhouette : « Votre nouveau sang sera bientôt là ! » pour retomber à nouveau.

Mais ce dont je me rappelais de façon vivante, c'était la lumière d'octobre, l'Été indien, quand dans les rues je marchais vers le ciel, et le soir c'était la musique : Ingrid avec son quatuor, le pianiste et le violon étaient des concertistes new-yorkais et ils jouaient new-yorkais : vif, léger, syncopé. Ça avait duré trois semaines, ça se transfusait doucement en moi au fil des jours.

Ce dont je me souvenais bien aussi c'était ces têtes de bisons, les crânes, blancs, effilés, tout en longueur, fragiles curieusement, j'avais d'abord, d'un peu loin, cru à des masques oblongs – sans nez mais avec les fentes pour les yeux – de carnaval, ou de fêtes des morts mexicaines. Ils étaient quelques-uns cloués ou accrochés çà et là dans la grande salle où elle chantait, trois blocs au sud de Madison Square Garden.

Enfin, tout ça, la voix d'Ingrid, le violoniste juif new-yorkais, les bisons, les masques, les rituels pour les défunts, le ciel vertical sur une île cubiste, c'était de la bonne diversion, là où j'étais maintenant ça me faisait du bien. Et j'étais moins vulnérable.

Mais comment se faisait-il que le souvenir précis et vivant de ce petit rectangle bleu qui me disait « Tu es sur une île », cette musique, les masques… puissent me rendre ces « parages de la mort », selon l'expression, plus tard, du docteur S., indifférent ?

À quelle vitesse je perdais mon sang ? L'Homme derrière le rideau devait bien avoir l'œil sur les écrans de contrôle auxquels j'étais relié ?

Il y a eu un tremblement du rideau et l'ombre de l'homme derrière a bougé, elle avait l'air de faire signe à quelqu'un et de me désigner. Une ombre de femme l'a rejoint.

Ça faisait maintenant deux heures… Combien de temps faut-il pour qu'un corps se vide de son sang ? Je ne voulais pas le demander à l'homme derrière le rideau, je pensais que de le formuler pour un autre donnerait une réalité irrévocable à ce dont je voulais obscurément fuir l'idée ou du moins la laisser incertaine. Donner un écho à cet état, c'était le faire exister plus, plus fort. J'ai essayé de faire le calcul mental comme quand j'étais écolier avec les robinets : étant donné que mon corps contient environ 6 litres de sang, 7 peut-être, que mon visage était exsangue après 4 heures, mon visage de 30 centimètres étant, puisque je mesure 1 mètre 82, le 1/20 de mon corps entier – et en centimètres cubes ? –, combien de temps faudra-t-il avant que, les réserves, c'est-à-dire les organes, s'étant vidées, ça déborde et que mon sang jaillisse à grands flots par ma bouche ? J'ai vite laissé tomber.

La salle s'était éteinte, j'étais à présent dans une demi-obscurité. Sur le mur les ombres crénelées, ajourées, effilochées, une résille, d'une très fine tapisserie ancienne, orientale, un tanka hindou peut-être. Pourtant je n'avais pas remarqué de tapisserie précieuse, elle aurait été d'ailleurs totalement déplacée dans cette salle d'hôpital déserte : il n'y en avait que l'ombre. Je me suis assoupi et quand je suis revenu à moi elle n'était plus là, mais en face dans la pièce vitrée éclairée à contre-jour…

Une ombre de femme s'est rapprochée de l'ombre de l'homme – derrière le rideau, sa main lui a caressé l'épaule puis lui a donné de petites tapes de réconfort, elle seule est restée, elle était tournée vers moi, j'ai fait un petit signe de la main vers cette ombre qui a aussitôt disparu. Le rideau s'est levé à nouveau. La vitre formait un rectangle sombre.

Dreyer, *Vampyr*

Dans le vaste domaine de Courtempierre avec son fleuve et sa forêt, l'épidémie commence à sévir propagée par les vampyres, la mort rôde. Allan Gray, un jeune voyageur attiré par les phénomènes mystérieux, dans sa chambre d'auberge. Vu d'en haut : silhouette de girouette en fer forgé son ombre en mouvement, le passeur devant le fleuve avec sa barque vide, sa clochette qui avertit du départ et sa faux à l'épaule. Une voix sourde vient de derrière le mur de la chambre : « Je te le demande. Sache que c'est pour ton sang. Tu dois vivre pour ton sang et pour tes veines. » Ailleurs une ombre se déplace sur un mur, sans le corps, plusieurs figurines avec chapeaux dansent au son d'un violon désaccordé, de petits mécanismes, comme ceux d'une montre : roues dentées, ressort, tige, en mouvement au bout de fils comme un mobile de Calder.

Allan Gray ne percevait plus la frontière entre le réel et l'imaginaire. Il suivit dans le parc une ombre mouvante qui le conduisit au château. Dans la chambre du château : un objet hybride entre crâne et masque nègre et un vieux livre relié : *Histoire et mythes des vampyres.* Léone, fille du châtelain, mourante :

— Le sang ! Le sang ! Tout espoir est vain... Ô toi, Esprit du mal !

— Restez éveillée jusqu'à l'arrivée du médecin.

Le docteur (assistant du vampyre et son complice) :

— Bonsoir.

— Bonsoir.

— Elle va très mal.

— Pouls ?

— Faible.

— On pourra la sauver ?

— Peut-être mais elle a besoin de sang. Du sang humain. Voulez-vous donner votre sang ? Approchez, jeune homme. Je vais vous faire une saignée.

Plan d'Allan Gray avec un linge autour du bras.

— Docteur, je me vide de mon sang !

— Ne soyez pas stupide, votre sang est là !

« Votre sang est arrivé ! », je commençais à m'endormir, relié à des fils, la transfusion allait commencer.

J'avais toujours cherché, j'y suis parfois parvenu, à écrire avec l'encre des autres, par transfusion du style, esprit d'autres écrivains, citation, plagiat, « collage » de coupures de presse de l'AFP, AP, Reuters..., de ce qui circulait des agences de presse du monde entier sur les « fils ». Je me voulais scribe, transfusé donc de manière permanente pour l'écriture, mais pour le reste aussi :

Transfusions
en tout genre
24 heures sur 24

Pour un écrivain, il ne s'agit pas d'une imitation mimétique, mais qu'une tournure d'esprit, un style, un rythme se transfusent dans une écriture, et la colorent légèrement du ton d'un modèle, d'une nuance nouvelle, comme une actrice qui incarne un personnage connu, une célébrité contemporaine, une reine : elle doit s'effacer mais aussi garder ses propres gestes et intonations, à peine teintés des caractéristiques du personnage, mieux vaut un pastiche un peu raté que de se livrer à un brillant numéro d'acteur où c'est à peine si on la reconnaît derrière maquillage, postiches et jeu outrancier, les tics de l'autre utilisés pour lui transfuser ce modèle comme beaucoup trop de sang à la victime d'une hémorragie, afin que le spectateur s'écrie : « C'est la reine Elizabeth toute crachée ! »

Eustache, *La Maman et la Putain*

Le rideau s'est levé. La vitre : rectangle sombre.

Alexandre : « Parler avec les mots des autres, ce doit être cela la liberté… »

La citation, l'imitation, la parodie, le pastiche sont des transfusions.

J'avais le projet, ça me reprend parfois, d'un roman, totalement synthétique, sans un mot de moi, fait de phrases trouvées ailleurs dans les livres des autres… un roman constitué de pièces rapportées. M'effacer, être vide, disparaître, j'y éprouve un plaisir, même un petit vertige : le monde moins moi, les mots sans moi mais tout de même par moi : « L'art n'est pas l'expression de soi mais l'échappée hors de soi-même. » Justement en voilà une, de citation, elle est de T. S. Eliot.

J'incise dans le corps du texte, coupe et raccorde des articulations, c'est un état d'esprit : la citation est une transfusion, les collages des greffes, le papier une peau… Dans les heures silencieuses de la nuit, avec le grand parc en contrebas plongé dans les ténèbres et la façade de plâtre, éclairée d'une lumière pâle comme une ombre blanche, de l'ancienne ambassade désertée qui font facilement songer à une clinique, il n'y a pas loin pour que je me prenne pour un microchirurgien se livrant, sur papier, à des prélèvements, greffes, incisions, injections, découpes et sutures, même s'il ne s'agit que de mots. Et dire que là maintenant, allongé impuissant sur un lit, on dirait une table, j'étais à la merci du premier interne venu mal réveillé.

Les liaisons sont nombreuses entre la médecine et la littérature. Depuis Dostoïevski les personnages, narrateurs et même inventeurs du roman moderne ont souvent un corps malade et un cerveau fêlé. Et puis, parmi les images que je garde en tête, il y a celle, à la Salpêtrière, de deux jeunes hommes internes en médecine qui allaient devenir les théoriciens et stratèges du Surréalisme se lisant à tue-tête la nuit *Maldoror*, dont le sadisme a des affinités avec l'univers chirurgical autour de la table de dissection et l'écriture pleine de parodies et de citations de manuels d'histoire naturelle.

Afin de ne pas subir les mécanismes de contrôle sociaux, entre autres le langage dont il dit que c'est un « virus », William Burroughs opère sur eux des contre-contrôles : cut-up où il découpe en quatre un texte et le « recoud » dans un autre ordre, fold-in, pliage, et dans *Révolution électronique* il nous livre les recettes : « Coupez la bande magnétique en deux points. Réenregistrez deux fois le même message. Recollez la bande en inversant. Maintenant ajoutez des cris, aboiements horribles, sirènes de police. Diffusez le tout dans des lieux névralgiques à des heures d'affluence, etc… » « À Tanger on m'appelait l'Homme invisible. » Parce qu'il était discret et fuyant sans doute, mais aussi pour sa maigreur, la silhouette raide un peu cassée d'un squelette. Et sa voix à la musique métal sarcastique : celle de certains chirurgiens de cinéma, sang-froid en toutes occasions, même quand il a tué sa femme, au Nouveau-Mexique, d'une balle de revolver en jouant à Guillaume Tell avec la pomme.

Je savais, bien sûr, je le voyais que ce fil suspendu à un mince montant en acier ne me reliait qu'à une poche de sang, mais ce qui comptait pour moi, c'était le mot : « fil », celui des agences de presse, premier lieu où je me rendais, j'y connaissais toujours quelqu'un, dans la grande ville, le clic clic clic des mots qui arrivent, les photos qui apparaissent, avant le Port, avant le night-club et les danseuses et les musiques. Disparu tout ça au fil du temps, l'éphémère, ce qui tient à un fil…

Dans mon demi-sommeil, je divaguais un peu, je le voyais au bout du lit relié à des câbles sous-marins qui aboutissaient à ces villes et au-delà, et par où arrivaient les bélinogrammes. J'étais branché, j'étais câblé, comme je l'étais il y a longtemps quand je prenais d'un portrait de Dürer son attitude ou d'un autre une tournure, son esprit, ou quelques mots. Je ne cherchais pas l'originalité, je voulais compter sur les autres, les imiter, n'être qu'un relais. J'étais alors d'une porosité extrême à ce qui arrivait dans le monde – sans engagement de ma part ! –, je me dissolvais dans le journal, j'étais le journal…

Ces fils, je préfère ce mot à celui, argot médical, de tuyaux, mes yeux et ma raison savaient bien qu'ils reliaient tout simplement, par l'intermédiaire de deux petites seringues piquées dans mon avant-bras, le sang d'un autre au mien, fusion qui me dégoûtait : j'avais entendu parler des Bluttsbrüderschaft, les confréries du sang dans l'Allemagne d'avant guerre, chacun des membres verse un peu de son sang dans un même verre de vin rouge qu'ils boivent à tour de rôle en jurant honneur et loyauté à la patrie, à eux-mêmes, à Dieu sait quoi… Ça, c'était une réalité, un succès de la science médicale, et ça allait me sauver la vie. Mais mon plaisir dans cette vie était d'un ordre différent, c'était les mots et les images qui s'associent à un objet... à ces deux fils... Le fil qui justement relie une chose à une autre, les fait tenir ensemble.

Je ne voulais pas voir le sang, j'avais besoin de fuir l'idée de consanguinité, d'un don de sang qui me ramenait dans La Grande Famille de l'Homme, titre d'une exposition de photos itinérante à travers le monde qui avait attiré les foules dans les années cinquante et qui, après Hiroshima et les camps et en pleine guerre froide, avec la destruction atomique de la planète en perspective, voulait nous faire croire que nous étions tous frères ! Je regardais ces deux fils venus des vessies suspendues à la potence, que l'on avait renouvelées, et vus à travers mon demi-sommeil... ce n'était plus que le mot *fil* qui comptait, sa fonction actuelle disparaissait. Les enfants qui jouent sont sérieux : ils ont la conviction qu'un guidon de vélo peut devenir des cornes de taureau. Ces deux fils me reliaient à des choses lointaines et j'étais alors en cela comme la négresse du Plaza qui prenait son crâne pour un téléphone et sa main pour une manivelle. Le sommeil me gagnait peu à peu, j'ai encore aperçu une ombre derrière le rideau relevé.

« La transfusion commence. »

Non, je ne voulais pas regarder les aiguilles piquées dans mon bras et tenues par du sparadrap ni ces vessies de sang d'un autre et je poursuivais mes divagations avec un certain plaisir sans trop me préoccuper de mon état. Je revoyais les quartiers de viande rouge accrochés en hauteur près des lustres chez Monsieur Bœuf un soir où j'étais sorti tard. Je ne voyais plus que les deux fils et une ombre derrière le rideau et surtout les mots *ombre* et *fils*: mince théâtre d'ombres et de marionnettes… l'Orient, Bali… venues d'une autre époque se superposer, puis se substituer, comme dans mes transparences de journal, aux appareils cliniques et aux organes, aux entrailles et au sang. Je remplaçais ce sang venu d'un autre être communément humain par des images et des souvenirs singuliers: *Transformer un fait de nature en sa presque disparition vibratoire*, le mantra de Mallarmé pourrait servir de commentaire à la publicité TV pour le détergent de surfaces émaillées Ajax où l'on voyait une petite spirale tournoyante s'élever hors d'un évier rendu à sa blancheur immaculée primitive! On ne voyait plus que la spirale et le Blanc. AJAX REND TOUT BLANC DU SOL AU PLAFOND!

Le fil du récit que je casse souvent pour aller ailleurs, comme si je voulais échapper à un poursuivant, alors bien sûr c'est un peu décousu. Et puis d'ailleurs on perd le fil avec ces digressions! Le démon de la diversion… prendre la tangente… jamais dans le vif du sujet ni direct… tourner autour… Comment puis-je faire ces pirouettes et comparer une transfusion dans un état grave à une écriture?! Méandre… on y arrivera bien à temps au vif du sujet, au dernier mot de notre comédie, à la fin! En attendant, courbes… maniérismes… autour de la ligne droite. Toujours du temps de gagné!

Baudelaire: « Qu'est-ce qu'un thyrse? C'est un emblème sacerdotal dans la main des prêtres. Ce n'est qu'un bâton. Autour de ce bâton, dans des méandres capricieux, ne dirait-on pas que la courbe et la spirale font leur cour à la ligne droite et dansent autour ? Ligne droite et ligne arabesque… raideur de la volonté, sinuosité du verbe, unité du but, variété de moyens. »

Quelqu'un a écrit que l'on passe peut-être sa vie à illustrer ou incarner son nom. Moi c'est seulement mon paraphe  : un thyrse !

J'avais dû m'endormir mais je ne rêvais pas. Alors les apparitions arrivèrent.

J'étais affalé par terre. J'avais peur. La pièce en verre était cassée. Les meubles renversés. Un homme effondré contre une vitre brisée. Mort. L'eau ruisselait partout. Tout était un peu penché, ralenti. Un bar ? aux murs de verre, un bar en verre, presque personne. De l'eau partout, sur les vitres, le sol, début d'inondation. Je veux me relever, sortir d'ici mais pas de porte. Les vitres cassées sont obstruées, l'une par le mort, l'autre par un grand meuble à la renverse. Dans un coin, un groupe de trois jeunes ivrognes anglais ruisselants, ils sont éméchés mais sans exubérance. Ils boivent leur verre tranquillement comme s'ils étaient ailleurs, dans un autre espace. Et puis deux s'effacent, reste un, un verre à la main, il avance à vitesse lente comme dans du mercure, à longues foulées, d'un pas élastique, il ressemble au chanteur anglais Doherty, pupilles dilatées, en apesanteur. Il semble venir vers moi mais passe à côté et se dirige vers une zone d'ombre. Depuis le sol j'implore : « Messieurs ! Messieurs ! », un appel au secours. Mais c'est comme si j'étais invisible. Maintenant je suis seul et j'essaie de me relever en prenant appui sur le rebord de la fenêtre ruisselante mais ma main glisse et puis je suis trop faible pour me hisser debout, puis sur une table, une étagère : ce sont des faux-semblants, des trompe-l'œil, des leurres. Je ne saisis que du vide, ma main passe à travers. L'horreur. Je recommence deux, trois fois. Le chanteur anglais passe devant le mort écroulé sans même un coup d'œil, flottant vers la zone d'ombre pour la troisième fois, en replay… *here is the Wheel.*

Au prix d'un effort terrible, tuant, j'arrive à me relever et, à bout de souffle, par miracle, je me retrouve ailleurs…

… dans le calme d'un appartement inoccupé, murs nus, pas de miroirs, un petit dégagement en entrant à gauche avec un fauteuil et une télévision, un corridor, la cuisine à droite : un évier à l'ancienne – un seul bac – et sur une table une bouteille d'eau minérale d'une autre époque, d'une marque inconnue et trois boules de papier chiffonné d'emballage. Pas de chambre à coucher – à moins qu'au bout du corridor…

Épuisé par le monde fantôme et les faux-semblants de la pièce de verre inondée, j'erre dans ce lieu sans âme, lumière égale partout diffusée par les plafonniers, qui semblait vitrifié, juste sorti des glaces – un appartement témoin ? une installation d'art contemporain volontairement insipide et ennuyeuse – c'est le concept – comme il n'en existe pas : c'est une création. Une exposition comme en avait réalisé une, à l'Hôtel de Sully, Bernard Lamarche-Vadel, de sa chambre, chaque livre, photo et objet rituellement disposé, peu avant son suicide dans une chambre identique ? mais à l'appartement il manquait l'Ombre que, selon ses propres mots, « on construit autour de soi et qui est le commencement d'une œuvre d'art », zone lointaine en nous et depuis laquelle se diffuse l'âme, le charme. Il rejoignait là certaines ethnies africaines pour qui, selon le psychanalyste Otto Rank, l'ombre c'est l'âme, une personne sans ombre a perdu son âme, autant dire qu'aujourd'hui avec la technologie, la perte du secret et du mystère, la surexposition, elle s'est perdue.

« Où allez-vous ?... »

Je me suis retourné : c'était là-bas près de l'entrée une infirmière peut-être que j'ai cru reconnaître. Une fois de plus je ne me sentais pas en règle...

« J'ai vu quelqu'un... »

Mais elle avait disparu.

J'avançai lentement de travers dans le corridor en m'appuyant au mur des deux mains, jusqu'à un escalier, quatre, cinq marches, tout au bout à droite. Sans issue !... Pas de porte. Je ne peux pas sortir. Je suis pourtant entré ! Je suis revenu sur mes pas, attiré par quelque chose. Sur le seuil de la cuisine, j'ai su quoi : les trois boules de papier que je fixai longtemps de loin, la boule évocatrice du jeu et du hasard, libérées du contenu. Qu'avaient-elles enveloppé ? Trois des sept boules de cristal ?

Et cette séquence repassait à nouveau. Et à nouveau, tour de passe-passe, je me trouve ailleurs...

… dans la pièce d'un appartement ancien, luxueux sans ostentation, avec livres in-quarto aux reliures en cuir rangés dans des meubles bas en bois précieux. C'est le milieu de la nuit. Des invités arrivent peu à peu l'un après l'autre, encore et encore, Dieu sait d'où à cette heure. Je suis couché dans mon lit bas presqu'au sol. Je vois les invités depuis le sol.

Et toujours ce silence, comme sous vide. Une dame en robe longue de taffetas à manches « gigot » boutonnées aux poignets, cheveux laqués, allure de poupée, attend près de la porte verre à la main qu'on l'accueille, la présente, affichant un sourire avenant.

Pénombre, éclairage tamisé, seule la dame en taffetas est bien éclairée car dans la lumière de l'entrée.

Au milieu de la nuit, d'où viennent-ils ?

Je suis dans mon lit. Que fait mon lit dans cette bibliothèque chic ? Il est – et moi avec – comme une pièce rapportée ou en surimpression. Comment a-t-il volé et atterri ici ? Je semble invisible, là encore dans un autre espace. Je m'impatiente, il est tard dans la nuit, ils s'éternisent m'empêchant de dormir. La dame en taffetas est toujours en carafe, un petit verre de liqueur rouge à la main à la hauteur de mon visage et la question m'obsède comme la liqueur rouge : « D'où viennent-ils à cette heure ? »

Le souvenir d'un écrivain espagnol de prestige du début de l'autre siècle plane sur cette réunion, un grand écrivain démodé mais toujours d'une influence occulte, secrète, politique aussi auprès d'une certaine coterie. Ronds de jambe et salamalecs.

« Notre bien cher… » Un monsieur, cheveux noir de jais un peu longs plaqués en arrière, et une dame aux airs entendus se montrent avec componction des in-quarto reliés. Il y a une relation entre eux, sensible dans leurs expressions et attitudes, « Oh, c'était la grande époque », un élitisme frileux et rancunier – ce n'est plus leur époque, ils appartiennent au passé, même s'ils ne sont pas très vieux, la dame en robe surannée, la cinquantaine. Cette assemblée mondaine politico-culturelle n'est qu'un arrière-fond sombre et confus d'où se détache maintenant le verre de liqueur. La poupée en taffetas au sourire immuable qui attend toujours à l'entrée est-elle autre chose qu'un mannequin de vitrine devant mon lit : je pourrais boire la liqueur rouge, elle est presque à portée de mes lèvres… quelques habiles coups de langue, comme un chien…

Tout ce joli monde s'évapore comme par enchantement. Entrent d'un bon pas et avec grande allure deux femmes de chambre espagnoles aux traits et au parler aristocratiques, uniforme blanc en percale et col en crêpe, avec coiffe à cornette de religieuse. Elles tirent sur mes draps, je tire de mon côté. Est-ce que ce serait un jeu ? J'essaie de les déséquilibrer, en faire tomber une sur le lit avec sa cornette. « …changer les draps. Ils sont souillés… » Elles n'ont pas l'air de plaisanter… L'épreuve de force se prolonge. Elles ont le dessus et font disparaître les draps dans un envol et refont le lit sans que je me lève, comme par miracle, avec les formes et caractéristiques de la grandeur espagnole. Elles disparaissent, les deux femmes de chambre à cornette, comme elles étaient entrées, imprimant à la scène un tempo rapide qui contraste avec la torpeur du début.

Et puis me sont apparus, mais je crois bien, plus tard, comme une allégorie en mouvement, contrastant violemment avec ce monde reclus et décadent d'ivrognes anglais noyés dans du mercure, de lettrés espagnols avec leurs in-quarto à trois heures du matin devant un être morbide et fantomatique allongé par terre, des foules d'hommes sombres aux visages creusés, on dirait l'ancien président d'Iran, Mahmoud Ahmadinejad à des centaines, des milliers d'exemplaires, ou des imitateurs, ils accourent vers une sorte de mausolée ou mémorial, une pierre toute simple, et collectivement s'y agenouillent dans une dévotion sacrée ou, pour d'autres, brandissent un poing accusateur dans la même direction, et tout ça dans le silence. Et là encore d'autres hommes accouraient à nouveau mais il me semblait que c'étaient les mêmes, les mêmes gestes, tout recommençait. Mais mon double cette fois n'était pas là, affalé ou couché par terre au milieu des barbus courant et vociférant. Où était-il passé ? « Tu te caches ? Où es-tu ? Tu es resté avec la poupée en taffetas dans ton lit à boire la liqueur rouge ? » Avait-il pris peur ? Mon double avait disparu !

Dans un lit normal, demi-sommeil. Pas de fenêtres, pas de persiennes, pas de vitres, larges lattes de bois massif foncé, verticales, avec interstices, un convoi de camions sombres, je n'en vois que les flancs, tous les mêmes, avance lentement au ras des lattes, tout au long, l'un derrière l'autre comme un seul, obstrue les interstices, pare-chocs contre pare-chocs (je ne vois pas les pare-chocs, est-ce qu'il n'y en a pas ?). Je ne vois pas de capots. Pas de capots, pas de pare-chocs, des tanks alors ? des tanks carrés – du jamais vu ? un tank de plusieurs mètres ? – blocs hermétiques, tourelle rétractable, modèles récents. Ce machin inconnu accentue le malaise, la menace et mon enfermement. Ce convoi, cette colonne militaire s'arrête quelques secondes, j'en vois des parties dans les interstices, et elle repart au ralenti et ça semble devoir être sans fin, au ras des lattes, contre les lattes, contre la chambre, pas loin de mon lit, les tanks. Ces manœuvres sont organisées à mon intention, pour m'intimider, me briser. Ils n'arrêtent pas de repasser comme en replay, de manière automatique, comme la Roue, *here is the Wheel*, à l'infini, comme les personnes des autres épisodes : le chanteur anglais, la dame en taffetas, le Premier ministre iranien. Quand ça s'arrête, quelques secondes, c'est encore pire.

Ces masses – cette masse de métal sombre collée contre ces lattes à peine moins sombres, bouchant les interstices, est lente, ça n'arrête pas. Ils sont en nombre infini et c'est le même. D'ailleurs, est-ce des camions ? ou même des tanks ? Tanks à l'arrêt. Silence. Chambre noire.

C'est un après-midi de décembre et en bas, dans le parc de l'ambassade de Russie sur lequel donne mon bureau, une mince couche de neige recouvre le sol et les branches sans feuilles des marronniers.

« Un rêve ? »

C'est à nouveau la voix du docteur S. au téléphone.

« Non. Je n'ai pas rêvé. Elles n'avaient pas les contours flous et le nébuleux du rêve, ces apparitions… Les rêves se développent. Là c'était toujours ou fixe ou le mouvement identique d'une personne revenant en boucle.

— Des hallucinations, peut-être ?

— Non, car je ne confonds pas ces images avec la réalité. Ma situation était inquiétante mais ce qui m'entourait était banal. »

J'ai peu d'imagination, la simple réalité me convient. La *mosquée au fond d'un lac* d'Arthur Rimbaud ne m'a jamais attiré, j'aime mieux son « parterre d'amarantes », je préfère les faits aux effets des fées.

J'étais étranger à ces sortes de bouts de film en 3D qui m'étaient présentés, offerts, ou imposés… Par qui ? par quoi ? pourquoi ? On a dû se tromper de destinataire. Qui m'avait envoyé cet ange du bizarre et fourré ces images dans la tête, des scènes de théâtre dans le cerveau, une puce 5G made in Bill Gates pour jeu vidéo dans le cul, des bouts de films dans le crâne ? J'ai d'abord cru être l'objet d'une expérimentation, le cobaye d'un laboratoire dont la clinique était un relais et les docteurs les correspondants appointés d'un réseau.

J'avais entendu parler des recherches, dans les années soixante - soixante-dix, de la CIA pour contrôler les cerveaux, téléguidage d'assassinats politiques, et j'avais lu un article de William Burroughs, *The Limits of Control* : les cibles de ces manipulations réagissaient à des ordres émis sur certaines fréquences comme Oscar, le somnambule du *Cabinet du Docteur Caligari*, allant commettre des meurtres la nuit pendant son sommeil. Mais que venaient faire là mes apparitions ? Quels pouvoirs de suggestion pouvaient-elles avoir sur mon subconscient ? À part peut-être la foule des sosies de Mahmoud Ahmadinejad et les tanks à la fin ? Pourquoi ces images-là et pourquoi moi ? À quoi voulait-on m'utiliser ? Mais je dois avoir trop d'imagination.

Elles étaient très loin de moi, étrangères, ce qui rendait intrigantes et attractives ces apparitions menaçantes, sauvages, violentes… et de mystérieux détails : le verre d'un liquide rouge, les trois boules de papier, le chanteur anglais comme dans du mercure, qui résonnaient en moi, faisant écho à… un souvenir? un désir? Je ne faisais rien… j'attendais… c'est cela qui m'était advenu, je n'avais pas à le rejeter. Il me fallait au contraire l'approfondir.

« Hypoxie !

— Quoi ?

— Vous avez eu une hypoxie cérébrale : forte hémorragie… chute brutale du taux d'oxygène, hyperexcitabilité du cerveau. Ce n'est pas un accident exceptionnel, ce qui l'est ce sont vos images, votre tournure d'esprit.

— Ça ne venait pas de moi.

— De qui ? de quoi alors ? »

La façade de l'ambassade, tout en longueur, qui la nuit à la lumière pâle des vieilles lanternes évoque un hôpital, a maintenant, avec ses hautes fenêtres, l'escalier en demi-cercle accédant au perron derrière lequel on devine un vaste hall, tout l'aspect d'un grand lieu de réception. Là, avec le silence cotonneux qu'amène la neige, et le mot ambassade – zone franche, enclave off-limits –, je me sens hors des drames et accidents du monde.

« Vous savez, à peu de chose près vous y passiez. Votre hémoglobine était descendue à 3 mg.

— Et ces apparitions alors ?

— Votre cerveau a dérapé.

— Dérapé, mon cerveau ? Mais ça ne venait pas de mon cerveau, c'était extérieur à moi, j'étais étranger à ces choses… ces… ces objets trouvés, comme des bouts de… de… de… espèces de films, documentaires plutôt ou reportages, dont je ne comprends pas le sens ou peut-être des paraboles fulgurantes et obscures?! Et en plus j'étais dedans, perdu… Des morceaux de réalité autonomes dans un temps disjoint.

— Votre cerveau, privé d'oxygène, est parti en vrille.

— En vrille, non, c'était très structuré, une suite de cinq scènes en 3D d'une présence forte, rapides, en cinq mouvements enchaînés, fondant de scène en scène vers le noir final. Et avec un temps mort après les trois premières scènes, une courte césure marquant probablement le passage de la violence privée à la violence d'État: au rouge sang dans les verres et aux draps blancs souillés succédaient les visages grimaçant de haine des Gardiens de la Révolution et les tanks tournant à l'infini.

— Votre cerveau avait perdu le contrôle et aussi le contact avec la réalité…

— J'avais plutôt l'impression qu'il était en contact avec une autre réalité, plus proche de l'univers des formes, et moi dedans, victime et témoin, dans un monde d'horreurs qui m'étaient présentées, mais par qui ?

— Vous pouvez me les décrire un peu plus?

— C'était muet, hormis, avec des voix détimbrées, quelques rares mots pour un appel au secours, une interpellation, un ordre. Et sans couleur, hormis, pour le liquide dans les verres, le rouge, aussitôt suivi du blanc des draps.

— C'est une hypoxie… liée aussi à votre peur… vous étiez dans les parages de la mort.

— Je n'ai pas l'impression d'avoir eu peur parce que je ne réalisais pas…

— Certaines zones de votre cerveau ont réalisé… capté des messages, des signes, cinq sur cinq. »

Cela faisait maintenant presque vingt-cinq ans que j'étais dans un bureau qui donnait sur le parc de l'ambassade de Russie, résidence des ambassadeurs… Ils étaient venus et repartis, j'en avais vu passer trois. À l'automne et l'hiver les marronniers perdaient leurs feuilles et leurs fleurs roses et blanches et je pouvais apercevoir l'ambassade… lustres pendeloques lumières, un peu les invités des fois sur le perron pour un cocktail… J'ai vu les changements s'opérer… reflets en vase clos des changements en Russie et dans le monde… À la fin de l'autre siècle c'était Eltsine, ses titubements et son exubérance d'ivrogne, ses cheveux en bataille, et le parc était un jardin à l'anglaise, sauvage, mal élagué comme là-bas le dépeçage anarchique et meurtrier des industries d'État : Gazprom et compagnie. Une vieille dame dans un anorak et un pantalon en coton avachi faisait en début de soirée son jogging autour du parc dans le sens contraire aux aiguilles d'une montre, son ombre immense se projetait en mouvement sur la façade de l'ambassade, ça fait longtemps… N'y avait-il pas un chat avec un collier rouge et des poils roux et blancs qui, après une lente approche de sioux, sautait puis grimpait comme une fusée tout en haut des marronniers, effrayant les corneilles qui s'envolaient en criant ? Et un kiosque en bois usé d'où venait le bruit régulier d'une balle de ping-pong et le soir des musiques ?

Ah ! j'avais oublié, ça fait des lustres, il y avait trois jeunes garçons, l'un d'eux sous le regard des autres, d'une longue baguette en bois, une branche d'arbre taillée, traçait sur le sable des figures de géométrie et des signes hermétiques… non, ils ne jouaient pas, ils travaillaient à un jeu, pensifs et graves, magique étude.

« … temporale, pariétale, occipitale… ces régions profondes à l'arrière du cerveau… et si l'hypoxie se prolonge trop… danger… épilepsie, schizophrénie, mysticisme, érotomanie… épisodiques… perte de mémoire irréversible… et là se trouve la zone d'excitabilité sexuelle, et de sentiment de mort approchée…

— Et mes apparitions ?

— Vous avez pu en effet, avec votre tournure d'esprit, être l'objet d'images venant d'une réalité altérée. »

C'était maintenant une voix de femme au téléphone. J'avais voulu parler à un spécialiste et en savoir un peu plus long sur mon cerveau. Je ne connaissais pas le docteur M., neurologue à Genève. Un ami, sachant que je voulais m'informer, avait fait l'intermédiaire. Un rire qui n'était pas de convenance ni de gêne venait parfois apporter une touche de légèreté à ses réponses.

« Ces apparitions n'avaient rien d'altéré et elles étaient plutôt structurées et, surtout avec le recul, un peu fascinantes dans leur étrange banalité.

— Il faut voir du côté de l'hippocampe : si on regarde l'image en coupe transversale d'un cerveau, on voit un petit cheval marin debout de profil avec son œil étiré, le même que sur les pictogrammes, celui du faucon Horus des Égyptiens. C'est lui qui sélectionne les souvenirs, crée la mémoire émotionnelle, autrement on aurait des souvenirs insipides. Sans hippocampe, pas de petite madeleine. »

Dans le domaine de *Locus Solus*, le maître des lieux, l'ingénieur milliardaire Martial Canterel, présente à ses invités lors d'une promenade, artistiquement présentées parmi des sculptures, ses toutes dernières machines à faire revivre le passé : des défunts, sous l'effet d'un liquide mystérieux, la résurrectine, revenaient à la vie et en rejouaient un épisode dramatique devant un de leurs proches qui, parfois protagoniste de cet épisode, pris de secousses nerveuses devant cette réapparition, tombait en catalepsie comme à la Salpêtrière une hystérique dans une présentation de Charcot, pour leur faire découvrir un peu plus loin une attraction insolite : une course d'hippocampes sur circuit nautique en anneau, les paris sont ouverts.

N'y avait-il pas aussi à l'époque dans le parc russe trois petites filles côte à côte sur un banc juste en bas de ma fenêtre, queues-de-cheval blond brun roux nouées de rubans noirs, qui parlaient fort en riant avec leurs accents liquides ?

Mais l'ambassadeur avait été rappelé, et les trois petites filles et le chat avec, remplacés, ça avait été alors les débuts de la période Poutine, par deux gardes, la nuit tombée ils faisaient leur ronde autour du parc, lampes torches vers les fourrés, cette fois dans le sens des aiguilles d'une montre. Le kiosque avait disparu un beau matin, et aussi le métronome de la balle de ping-pong et les musiques, et le parc avait été taillé au cordeau à la française. En même temps que le kiosque d'où montaient vers moi les musiques d'un gramophone, les anciennes lanternes XIXe en fonte, quatre de chaque côté, qui la nuit restaient éclairées et, comme j'étais le seul dans mon immeuble qui ne dormait pas, diffusaient leur pâle lumière sur les feuilles des marronniers et sur la longue façade de pierre de l'ambassade, comme sur un décor devant lequel allaient venir se pavaner des comédiens, uniquement à mon intention, avaient disparu.

Par la suite quand même il reste une adolescente élancée qui ébauche des mouvements du buste et des pas de danse classique variés, sous un marronnier aux fleurs roses et blanches, en jeans et tee-shirt. Peut-être une de ces trois fillettes, la brune, qui étaient sur le banc, petite bande joyeuse et colorée, quatre ans plus tôt, à cette distance je distingue mal son visage. Et puis même la jeune danseuse avait disparu à son tour et il n'y avait plus personne. J'aurais pu dire : « J'ai vu passer un peu de l'Histoire sous ma fenêtre. »

« Le plaisir et le sentiment d'approche de la mort : même zone ?

— Oui, et l'un peut prendre le dessus sur l'autre.

— Le combat d'Éros et Thanatos ?! Et productrice d'images ? Et même de formes ?

— Oui. »

Si j'observais le parc, j'avais parfois l'impression qu'on m'observait aussi depuis l'ambassade, quand le soir et une partie de la nuit je me livrais à mes bricolages d'ajusteur monteur sur papier, ou que je ne faisais rien, j'attendais, ma pièce restait allumée et à 200 mètres en face au 3e étage de l'ambassade juste à ma hauteur une petite fenêtre était la seule de l'immense bâtiment à rester elle aussi éclairée, très faiblement, j'ai parfois cru apercevoir une ombre, et je pensais que quelqu'un muni de jumelles télescopiques à infrarouge observait ce type et ses jeux de transparence avec les grandes pages de journaux devant la lampe, ou qui ne foutait carrément rien, en vrai parasite, sauf mimer une attitude, un geste que je prêtais à mes personnages, une démarche un peu cassée, une manière de ramasser une chaîne bracelet tout en souplesse… afin de mieux les décrire car avec les gestes viennent les mots exacts, et il me voyait les recommencer plusieurs fois. Je m'approchais souvent de la fenêtre, et alors j'éteignais, et lui aussi ! J'avais mon espion ! Ça me donnait, et aussi à mes drôles de jeux, de l'importance. Tout en parlant avec le docteur M. des zones arrière profondes du cerveau dans ma boîte crânienne, je regarde le parc, les grands marronniers, la vieille ambassade qui avait vu passer les tsars avec leurs hippocampes.

« Après la CIA qui aurait pris possession de votre cerveau, maintenant les Russes de l'ambassade ! Votre parano n'a pas de limites… Vous vous faites des idées, vous avez trop d'imagination, vous êtes trop romanesque…

— Moi ? Non, j'aime surtout les faits. Ces apparitions étaient des faits indéniables qui m'étaient destinés, offerts ou imposés par une force extérieure, peut-être une transcendance… Et si j'avais quelque disposition à la croyance, ce devrait être le moment, face à ce proche et lointain objet hors de moi qui m'était proposé… par quoi ? par qui ? pourquoi ?… Oui, vous disiez tout à l'heure pulsion sexuelle, mort, images : même zone ?

— Oui.

— Alors le cerveau a plus d'un tour dans son sac… et le sac a plus d'un cerveau qu'il entoure.

— Pardon ?

— Vous vous souvenez de John Major ce Premier ministre de Sa Majesté, qui avait l'air d'avoir avalé son parapluie ?

— Oui, d'autant mieux que je porte le même nom que lui à une lettre près.

— Conservateur. Moraliste. Et bien sûr, un scandale de mœurs après l'autre : ministre adultère, un autre victime de chantage par son amant homosexuel. Suicides… Il était le neveu de Barbara Cartland, vous savez, qui écrivait des romans à l'eau de rose, des millions d'exemplaires, perruques fluo, interviews avec ses chihuahuas pleins de nœuds de satin rose sur les genoux, c'est à elle qu'il est allé demander conseil à la campagne dans son manoir Tudor de trente pièces. Elle lui a dit : “Back to the basics ! — Pardon, ma tante ? — Le leitmotiv que vous devez faire passer dans les ministères et les administrations, c'est : Back to the basics ! — Merci ma tante !” Le mot d'ordre circule et deux jours plus tard… un autre ministre de Sa Majesté la Reine… il avait mal interprété le message… Scotland Yard l'a retrouvé mort, dépendu de sa chaise, affalé sur sa table, en pleine érection, la tête dans le sac, cordon noué autour de la gorge. Autopsie : hypoxie… Les tabloïds, *The Sun*, *The Mirror*, adorent !

MINISTRE DE SA MAJESTÉ PRIS LA TÊTE DANS LE SAC !

— J'étais très jeune moi-même à cette époque, j'avais une amie, de temps à autre elle se pendait, seule dans sa chambre, comme ça. »

« Et puis il y avait le jeu du foulard en vogue chez les adolescents de ces mêmes années. Ils sont deux face à face, chacun serre le foulard au cou de l'autre, un peu plus fort… encore un peu… c'est aussi un défi, celui qui tient le plus longtemps. Mais cette strangulation, c'est pour une expérience de mort approchée en même temps que de libido stimulée et, dans une autre phase, excitation sexuelle décuplée. Il a fallu l'interdire dans les préaux et les cours de récréation.

— Y en a qui baisent avec les deux foulards ; je veux dire en même temps : ils s'étranglent avec ?

— Ça fait partie maintenant de la panoplie SM, je crois qu'il y a une scène comme ça dans *Cinquante nuances de Grey*.

— Hypoxie, hypoxie chérie !

— Beaucoup de morts… Ça c'était les années soixante-dix-quatre-vingt. Et ça avait disparu. Mais justement ces jours-ci les journaux ont fait état d'accidents : des morts, des neurones irrémédiablement endommagés… Le jeu du foulard est redevenu en vogue sous d'autres noms charmants de parfums : Rêve indien…

— Et pour mes apparitions alors ? même zone ?

— Oui, mais là c'est une construction plus élaborée, vous êtes écrivain, et avec votre imaginaire le facteur personnel, singulier est plus important.

— Pulsion ? L'inconscient ?

— Bon… ouais… si vous voulez… »

Dans les boutiques de colifichets et souvenirs des stations balnéaires en vogue il y a presqu'un siècle, on trouvait des porte-plumes souvenirs en bois. À travers une ouverture ovale en verre taillé, par un effet d'optique, on pouvait contempler une vue élargie et en relief : le port, le marché aux poissons, le casino, une crique avec voiliers. Ces vues baignaient dans une lumière liquide qui leur donnait un je ne sais quoi d'étrange.

Cette association de la vue avec un instrument d'écriture pouvait faire penser que cette vue allait automatiquement se transcrire en mots, que du porte-plume allaient s'écouler toutes seules des descriptions. À partir de ce souvenir désuet, j'avais imaginé pour un livre une machine que j'avais appelée styl'œil. Un stylo en laque : un œilleton s'ouvrait en son milieu sous l'effet de certains sons et on pouvait voir à l'intérieur se dérouler des lambeaux de scènes inédites qui ne revenaient jamais deux fois, quelques secondes, une scintillation dans la nuit, très réalistes là aussi et « flottant comme dans du mercure ».

C'est cette atmosphère de limbes entre la vie et la mort que j'avais retrouvée dans ces apparitions : le chanteur anglais dans cette espèce de bar aquarium, la dame en taffetas avec son sourire patient et avenant et sa liqueur rouge, et même les autres invités dans un huis clos à trois heures du matin, semblant revivre, ou rejouer, éternellement une scène du passé qui elle-même n'avait été que pures conventions.

« En effet, ce stylo magique rappelle l'atmosphère de vos apparitions.

— Oui, et j'aimerais, malgré toute l'angoisse que j'avais, retrouver la dame en taffetas…

— Pas impossible…

— Alors pour revoir la poupée en taffetas avec le verre de liqueur ou, qui sait ?, de sang à la main, plutôt le sac ou le jeu du foulard ?!

— À vous de voir !

— Et si je veux juste les apparitions sans la mort imminente ni la libido augmentée ?! J'étais perdu et inquiet, moi et mon double, dans ces cinq plans, et pourtant j'aimerais qu'ils repassent, les trois ivrognes anglais ruisselants, la dame en taffetas, les deux religieuses avec cornettes. J'aimerais bien me les repasser, revoir la dame en taffetas au sourire immuable, comme on repassait des petits bouts de films dans des machines avec une pièce de cent sous, dans la fête foraine, un morceau d'un Charlot, ça ronronnait fort ce machin ! et avec un bruit de crécelle en plus… et du grésillement, un vrai crincrin… il en tremblait ma parole ! il va s'casser pour un peu !… et puis ça s'arrêtait net la mécanique, juste au milieu d'un geste… tiens ! comme dans mes apparitions exactement !!… fallait r'mettre une thune dans le bastringue ! ça repartait pareil, la machine à films ! Et ma boîte crânienne est comme ces appareils forains, un écran de cinéma…

— Pas impossible… Certains artistes, peintres, musiciens surtout, essaient de retrouver ces sensations, ces images, par une ascèse… privation de sommeil, de nourriture.

— Ah ! le truc hindou… sortie de son corps… visions, lévitations, planche à clous ! Fakir ! Ah non pas pour moi, tant pis, j'aime encore mieux ne plus revoir la dame poupée en taffetas au perpétuel sourire avec son petit verre de sherry. Ou de sang ? »

J'en avais connu un, de fakir, à Londres, avec une bande de guignols, un vrai charlatan… tournée mondiale, grand succès… un numéro avec sa femme enfermée dans une malle… voulait me ramener avec lui en Inde… « Mon p'tit là-bas je ferai votre fortune. » Il se baladait à Piccadilly Circus, sur les ponts, en longues jupes en soie brodée, jusqu'aux chevilles, turban multicolore.

« Je vous entends pas très bien.

— Oui, c'est que je roule en voiture… »

Tout de suite les mots ne sont plus les mêmes, ils perdent de leur aplomb, de leur importance, transitoires, ils voyagent eux aussi. J'ai imaginé le lac Léman, les mouettes, le jet d'eau frangé d'écume qui a la forme d'une voile, le Mont-Blanc tout au loin et la neurologue un coude à la fenêtre conduisant d'une main tout en parlant des « zones profondes du cerveau » et des zones cervicales voisines les unes des autres vouées à la Mort, au sexe et aux constructions artistiques. On avait l'illusion que l'eau du geyser n'arrêtait pas de couler et restait aussi en suspension.

« … William Butler Yeats, un poète irlandais des années vingt, affilié à la loge Aube dorée des Rose-Croix, amateur de magie et d'occultisme, Prix Nobel, il a écrit un poème qui s'appelle *Les Apparitions.* Je vais, si vous voulez, vous en dire quelques vers.

— Oui, volontiers.

— *Because of the increasing night*
That opens her mystery and fright
Fifteen apparitions have I seen
The worst a coat upon a coat hanger

Dans une lettre à son amie Madame Shakespear sans e, il écrit que sa première apparition avait été *le passage d'un manteau sur un portemanteau lentement à travers la chambre* et que *c'était extraordinairement terrifiant.*

— Je n'ai pas entendu la fin, il y avait beaucoup de bruit sur le pont, les mouettes qui criaient et puis une équipe de télévision qui enregistrait je ne sais qui – une célébrité quelconque, un people de passage. »

Elle m'avait parlé d'une très jeune amie, c'était dans les années soixante-dix, qui jouait à se pendre… et elle avait eu un petit rire rapide. Est-ce qu'elle-même ?… ou alors le jeu du foulard quand elle était une écolière ? Tout cela m'était suggéré par son image conduisant une voiture, encore aujourd'hui un peu un symbole de liberté quand c'est dans des paysages spectaculaires et des routes dégagées où on conduit très vite, s'ouvrant sur des horizons lointains… le grand lac, les hautes montagnes alpines et jusqu'au Mont-Blanc.

À présent, je n'entends plus aucun bruit, en dehors de notre dialogue, parfois le son du moteur qui accélère quelques secondes puis, les cylindres en ligne en harmonie parfaite, reprend son ronron velouté, elle doit conduire une berline de luxe rapide et confortable, allemande ou italienne… A-t-elle quitté la ville et roule-t-elle maintenant sur les collines, ou tout simplement vers sa clinique, dans les quartiers calmes ? Je songe à lui poser la question : est-ce qu'elle a quitté Genève pour les routes de montagne ? C'est quoi sa voiture ? Mais même ces questions, anodines mais déjà personnelles, j'évite, ça enchaînerait sur d'autres questions et on est là au téléphone pour parler de mon cerveau. Je ne connais pas son visage.

J'appelais le docteur M. les mercredis. Je lui avais dit d'emblée que je souhaitais lui parler non pas pour une consultation, je n'avais apparemment aucune séquelle de mon accident, mais par pure curiosité sur des réactions de mon cerveau qui avait, un temps bref, pris une autonomie et avait provoqué, ou au moins contribué à, ces apparitions étrangères. Et puis dans ces apparitions quelque chose m'intriguait. Mais après tout, je parlais avec une femme qui étudiait, régulait ces centrales de commandement de notre organisme ! De vraies usines hypersophistiquées – une femme au grand pouvoir.

« Il y a autre chose qui me trouble : mon corps était là dans ces espèces de scènes, bouts de films, collages, je ne sais comment dire… passif et hagard, ce corps, incapable de se relever.

— Ça, c'est l'autoscopie, c'est aussi un effet de l'hypoxie, on se dédouble… décorporation…

— Quand ça m'est arrivé, j'étais justement en train d'écrire mon autoportrait.

— Vous, votre autoportrait ?! Vous me disiez que vous évitiez les miroirs et que vous n'avez jamais écrit sur vous.

— C'est un autoportrait indirect : je regarde ailleurs si j'y suis. J'ai esquissé il n'y a pas longtemps de petits autoportraits : en femme-caoutchouc, en cloche…

— Cloche ?

— Clochard ! Aussi en chirurgien ! En prestidigitateur ! Ce sont des jeux. »

Et je réalise que ce petit jeu simplet d'ombre et de transparence avec le journal grâce auquel j'avais retrouvé Marge disparue et que j'avais crue morte, et qui avait été une préfiguration de ces scènes dramatiques, c'était déjà une apparition venue là de l'envers des choses. C'est comme, à l'époque, ces mots qui me semblaient s'écrire tout seuls, le vers de T. S. Eliot apparu sur la page, venu affleurer en surface depuis ailleurs. Cela faisait longtemps ce désir que tout m'arrive sans moi, sans mon intervention : images, mots… comme des objets trouvés par accident, et c'est ce qui m'avait été donné à l'occasion d'une violente hémorragie interne, à travers ces apparitions.

« Alors vous avez toujours cette idée fixe qu'elles venaient d'ailleurs que de votre cerveau ?

— Oui, peut-être d'un point où perception et imagination se confondent, et même si c'est une illusion comme les ombres dans la caverne ou sur l'écran de cinéma, ça compte aussi les illusions, il n'y a pas que la vérité de la science. C'est sans doute les deux : mon cerveau était branché, par des fils mystérieux, sur l'Ailleurs…

— Extralucide ?!

— Non ! Toutes antennes dehors, médium passager, quatre minutes.

— Vos apparitions – la dame en taffetas et le reste – viennent, je vous le répète encore, des zones temporo-pariéto-occip…

— Sosthène !!

— Pardon ?!

— C'était le nom du fakir enturbanné sur le Pont de Londres dans sa longue jupe en soie jusqu'au sol, *Le Grand Véda* richement illustré dans la poche et avec sa bande de guignols…

— Fakir… ? guignols… ? Véda… ?

— Ne faites pas attention, je parle tout seul. »

Le parc était désert sous la neige, de rares lumières derrière les fenêtres de l'ambassade. Devant moi le bloc-notes OXFORD orange avec quelques mots au crayon.

Composition : IGS-CP
À L'Isle-d'Espagnac (16).
Achevé d'imprimer
par l'Imprimerie Floch
à Mayenne, en janvier 2022.
Dépôt légal : janvier 2022.
Numéro d'imprimeur : 99787.

ISBN 978-2-07-296755-9 / Imprimé en France.

402555